新语文名家散文精选

谭曙方 主编

写在人生的插页

聂还贵 著

山西出版传媒集团
北岳文艺出版社
BEIYUE LITERATURE & ART PUBLISHING HOUSE
·太原·

图书在版编目（CIP）数据

写在人生的插页 / 聂还贵著 . — 太原 : 北岳文艺出版社 , 2021.8
（新语文名家散文精选 / 谭曙方主编）
ISBN 978-7-5378-6341-4

Ⅰ . ①写… Ⅱ . ①聂… Ⅲ . ①散文集—中国—当代
Ⅳ . ① I267

中国版本图书馆 CIP 数据核字 (2020) 第 258446 号

写在人生的插页
聂还贵　著

//

出 品 人
郭文礼

策　　划
续小强　赵　婷

责任编辑
刘文飞

封面设计
萨福书衣坊

封面绘图
南塘秋

印装监制
郭　勇

出版发行:山西出版传媒集团 · 北岳文艺出版社
地址:山西省太原市并州南路 57 号
邮编:030012
电话:0351-5628696（发行部）　0351-5628688（总编室）
传真:0351-5628680
经销商:新华书店
印刷装订:山西人民印刷有限责任公司

开本:787mm × 1092mm　1/16
字数:162 千字　印张：12.5
版次:2021 年 8 月第 1 版
印次:2021 年 8 月山西第 1 次印刷
书号:ISBN　978-7-5378-6341-4
定价:39.80 元

序

杜学文

随着时间的变化，人从幼儿走向童年、少年。对于生命来说，这也许是一些最纯真、最富于诗意的时光。有家的呵护，有不断发现的新奇世界，有无限的可能性；还不会也不需要掩饰自己，不会也不需要考虑如何才能适应别人、适应社会。也许，从生命的成长过程来看，这是一个还不能也不需要承担责任的时刻，是一个不识愁滋味的时刻，是一个可以任性地放飞自己的时刻。当然，也是一个在潜移默化中被生活影响，并奠定自己未来走向基因的时刻。有很多的想象，很多的希望，很多的选择……但是，随着成长，这些“很多”变得越来越少，甚至成为不得不的唯一。这种想象的力量也许会对人的一生产生极为重要的影响。在很多时候，特别是对于成年人来说，想象似乎是虚幻的，非现实的，甚至是无意义的。但对于人整体来说，失去了想象力却是可怕的。如果这样的话，人们就只能匍匐在地面，而失去了星空，失去了更广阔、更丰富、更多姿多彩的世界——未来的可能性、现实的创造力、内心世界的感悟力，以及对幸福的体验与追求。所以，在人的生活中，除了现实存在之外，仍然需要保有提升情感体悟、净化精神世界、培养想象能力的生活方式。在很多时候，我们需要依靠艺术——当然也包括文学在内来实现这种想象。文学，不仅仅是表现生活的，也是想象生活的——建立在现实生活的基础之上，对未知世界与未来生活的理想构建。这种想象力的培养，也许在人的童年与少年时代更为重要。

实际上，每个人都在想象中成长、变化。在成人的世界里，这种想象越来越被现实生活所规定、制约。当一个人成为学生的时候，非学生的生活就不存在了。他必须在学生的前提下选择未来。但选择了通过读书来改变人生的时候，非读书的可能性也不存在了。尽管选择是对现实利弊的权衡，但仍然是对未来可能性的想象。当然，想象并不局限在这样的选择之中，人还有很多非现实的想象——对艺术世界的虚构，以及对不可知世界的精神性营造等等。前者可能会更多地影响人的情感，而后者则更多地影响人的创造。

事实上，每一个人在其幼年时期都会有想象的努力——自觉的与不自觉的。以我自己的经历言，曾经想象时间的停滞，希望知道时间停滞之后会发生什么。结果是时间并没有停滞，停滞的只是自己的某种状态。在我家乡村外的山脚下，有一条河。河中一个很小的瀑布下聚满了水。那水是深绿的，有点深不见底的感觉。我们那里把这样的地方称为“龙潭”，就是河中水很深的坑。旁边有一个石头垒起来的磨坊，里面有一座水磨——利用瀑布的落差来推动石磨。大人们说，这龙潭很深，一直能通到海底的龙王爷那里。我不太理解如何从太行山的地底通往大海，也不知道假若到了大海会怎么样，但却希望能够有一条龙带着我去看看大海。这大海与龙宫就成为幼年的我对未知世界的想象。

人的想象力当然是建立在社会生活之上的。如果没有听过大人们讲龙王的故事，就不可能去想象龙宫的景象。这种社会生活也隐含了人的价值判断与情感选择。当人们在其成长的幼年时代，能够更多地接受积极健康的价值观，接受良好的情感表达及其方式，其想象力将向着更美好、完善、向上的方向发展。人会在无意识中选择那种积极的表现方式。这也许会影响人的一生。就是说，在人成长的初期，想象力及其表现方式是非常重要的。

也许人们意识到了这种重要性，出现了很多希望能够满足童年或者少年人群精神需求的活动。游戏、体育、劳动、阅读，以及相关的艺术活动，包括文学阅读与创作活动。据说那些非常著名的作家往往会写一些少儿作品。而那些儿童文学作家则被认为是“最干净”的职业人群。正是他们，在那些如白纸一般的人心中绘画。他们使用的颜色、图案、创意将深刻地影响人的未来。而人们总是希望自己的未来将更为美好。

从这样的角度来看，北岳文艺出版社策划出版一套《新语文名家散文精选》就有了非常特殊的意义。这并不是一般的作家散文创作结集，而是有明确的目的指向——为那些正在成长的读书人提供可资参考的读本——它主要不是为了体现作家在艺术领域的探索创新，不是为了研究某个创作领域的来龙去脉，也不是为了让人们获得知识——当然我们也不能排除这样的功能。但无论如何，其核心目的是要为培养孩子们的想象力、审美能力提供一些看起来感到亲切的范文。至少会使读书的同学们能够在写作上有所参照。这是很有意义的。

从体例设计来看，也非常有效地体现了这种目的。这套书选择了十一位作家的散文作品。他们分别生活工作在山西的十一个地级市，有某种地域意味在内，也会强化读者“在身边”的认同。这些作家，大部分我都有接触，基本上了解他们的创作情况。其中有成果颇丰的老一辈作家，也有风头正健的中青年作家。他们的文学贡献也主要体现在散文领域。这对读者的阅读来说有很强的针对性。在每一篇作品的后面，还邀请各地从事教学的名师进行点评，以帮助读者更好地进入作品的艺术情境之中，领略作品的艺术特色，以及文中表露出来的情感状态、价值选择。这是非常好的设计。同时，还邀请相关的专家对每一位作者的作品进行比较专业的综合性论述，便于读者从全书的整体来把握作品。这些作品主要集中在“情”上——故乡之情、父母亲情、友情爱情、事业之情等等。其中一些堪称范文。当然也有一些知识性、研究性与介绍性的作品，亦可丰富拓展读者的视野、心胸。通过这些作品，我们不仅会感受到不同时期人们的生活状态、情感状态，还可以理解作家们表达情感、进行描写的艺术手法，既有助于同学们想象力、创造力的提升，亦有助于同学们写作能力的提高。

人的生活状态至少有两个方面。一是显性的、可见的。比如学习成绩、创作成就、劳动收获等等。但还有另一种是隐性的、不可见的。如你会因为学习成绩提高而感到高兴、欣慰；会因为自己的作品受到读者喜爱而增强了创作的动力；秋天收获的时候，会因为这一年风调雨顺有了好收成而感到欣喜，增强了过好日子的信心等等。也可能因为这些，你会更努力地工作学习，更尊重别人的劳动付出，更希望自己做一个好人、优秀的人。相对来说，那些显性的、可见的生活状态往往受到人们的重视，因为其直观，有功利性。但也许那些隐性的、不可见的生活状态对人的成长、完善，以及激发内在动力与想象力、创造力更加重要。它们虽然看不到、摸不着，似有若无，但往往决定了人的情趣、视野、眼界、胸怀，以及精神状态、价值选择与审美能力。正因为这些东西的存在，使你能够更好地面对社会、人生，正确地选择自己的道路、方法，感受到生活的美好、幸福，并保有追求更美好未来的力量与信心。这样来看，这套书意义重大。我真诚地希望大家能够喜欢，也希望有更多的适应同学们阅读的好书面世。

2021年3月21日于晋阳

（杜学文，山西省作家协会主席，著名文学评论家）

目录

写在人生的插页

第一辑

坐看云起时

从不愉快的现实境况中转身步入文字构建的令人赏心悦目的知识世界，
或是漂洋过海，
饱览宇宙万物，
或是超乎时光，
与智者对话。

读书使人美丽

“爱美之心，人皆有之。”爱美，希望自己美丽，是人的一种天性。中国古代有一个成语，叫作“东施效颦”，即为一则经典注解。现今，形形色色的美容、减肥、健身、选美……满街满市地流行蔓延，且愈演愈烈，把人类爱美追逐美的天性暴露无遗。而现代科学和文明两只金轮高速飞旋，知识与信息像节日的礼花凌空燃放，更为“读书使人美丽”这一命题注入一脉鲜活的现代感，镀上一抹灿烂生动的色彩。

外表美要靠内在气质支撑。内在气质的形成需要知识的滋养和培育。

中国是文明古国，崇尚读书是一种文化传统，具有源远流长的历史，所谓“万般皆下品，惟有读书高”。读书为应用，即学以致用，而且“万般”应以读书为基石，读书当以“万般”为目标，二者不可割裂和对立。这种对读书积极意义的重视和强调具有合理的内核。“书中自有黄金屋，书中自有颜如玉”，虽然说得略嫌俗了些，但无论怎样，把书比成人类的一座营养宝库，总归是一个不过分的事实。莎士比亚就说，书籍是全人类的营养品。人对营养的需要不外乎两种，除了包括阳光空气、清风明月在内的物质，便是精神。读书，至少是摄取精神营养的重要手段之一。“书富如入海，百货皆有。”沃尔特·迪斯尼曾用他那颇带幽默风格的口吻说：“书中有许多比在宝物岛上掠夺的东西更多的财富，最妙的是，你可以在生命中时刻享受它。”我们常说“秀色可餐”，“秀色”尚“可餐”，那么书香足以叫人沉醉了。古代有酷爱读书者，常拿书中美文做下酒好菜，待读至会心之处，就饮一口酒，并啧啧称妙，不知是在夸酒，抑或是在赞书。

中国人常说“腹有诗书气自华”；外国人则说“美是表现潜在、内在的自然法则”，“美是发自内部的生命之光”。形体常常是内在气质的载体，如果说人的外表美尤其是容貌的美带有先天的因素，是父母给的，那么人的心灵美则更多地依赖于后天的形成。一个人的性格、修养和内在的美，总是通过日常的谈吐举止表现出来。我们不妨设置这样一个生活场景。你对面坐着两个人，其中一个具有美丽惊人的外表，然而缺少文化内涵，举止粗俗，仿佛一枝塑料花，让人感到索然无味，正如康德所说，“……甚至一个女人，可以说是长得漂亮、温雅而又优美动人，但却没有灵魂……”。“How profound!”(多么深刻)，深刻得令人心跳，不寒而栗。而另一个虽然外貌寻常了一些，并不会立刻引起你的注意，可她颇有知识修养，谈吐文雅，“暗香浮动”，散发着一种美的魅力，于是变得楚楚生动起来，并徐徐然照亮你的眼睛和心灵。难怪林语堂先生特别赞赏宋朝诗人黄山谷的一句话，并在多篇文章中反复援引：“士三日不读，则其言无味，其容可憎。”用现在的话解释就是，一个人如果几天不读书不看报，那么说出的话来就没有新意，没有时代感，甚至连面容都叫人觉得不可爱了。林先生在《论读书》中不无夸张地说：“若《浮生六记》中的芸，虽非西施面目，并且前齿微露，我却觉得是中国第一美人。”林语堂如此盛赞芸，就因为其有思想，有内涵，有教养，知书达理，秀外慧中。

生活中我们大都有这样的感受，同样是吃五谷杂粮，食人间烟火，然而在处理开门七件事——柴米油盐酱醋茶，或者弹拨生活四重奏——衣食住行方面，总是见出不同的层次。有人善吃，吃出一种文化和品位；有人会穿，穿出自己的个性和特质；而另一些人却吃得马马虎虎，穿得一塌糊涂。其原因都可以从读书这一行为中找到解答。

读书有益于身心健康，而健康是美的基础、美的依附。这大概便是健美日益成为一种时尚的本因。

有人说身体靠锻炼，心灵靠读书；还有人直率地说，“不读诗书形体陋”。其实读书也是一种运动项目，是一种“心育”，即通过健心而达到健身的一种健美活动。

我们常说“开卷有益”，据传此话出自宋太宗之口。有记载说，宋太宗每天要读《太平御览》等书两卷，漏过一天，日后也要寻机补上。他说：“开卷有益，朕不以为劳也。”读书可以令人“开心明目”，乐在其中，其乐无穷。人是情绪化的动物，谁都无法超然于七情六欲的萦绕和驱动之外。人在大地上行走，在滚滚红尘中奔忙，总会遇到这样那样的一些曲折和坎坷，于是就可能生气、烦躁、闷闷不乐。而林林总总的药店又没有除解这些症状的药物。如果说生活中有解药，我们就可以大声而骄傲地喊出来：那就是书！我曾读到这样一个报道，说国外有药店卖一种特殊的药——书，以书代药。专家大夫针对不同病症，分门别类地汇编出一册册诗歌集子，因人而异地售卖。病人买书之后，每天或早或晚读一段诗文，如同服药一样。从不愉快的现实境况中转身步入文字构建的令人赏心悦目的知识世界，或是漂洋过海，饱览宇宙万物，或是超乎时光，与智者对话。转移了注意力，摆脱了“恼人秋风”的纷扰纠缠，冷却了过激的情绪，使失衡的心态复归平静，甚至会从书中带回一把解决问题的金钥匙。如果这是一个绝妙的“偏方”，那么这比“何以解忧，唯有杜康”的经验更积极，更富有意义。“借酒浇愁”是一种麻醉和逃避，其结果只能是“愁更愁”，“才下眉头，却上心头”。而“读书解忧”则是科学的、积极的、有益于身心健康的。博尔赫斯说他把读书当作一种享受、一种幸福，就因为“书是我们人类能够得到幸福的手段之一”。

如果你没有遇到什么令人不快的事情，只是由于工作繁忙和超负荷劳动使你有一种疲劳感，那么请你拿起一本好书品读，绷紧的神经就会得到放松，拧得过了头的各个零部件就会得到舒展，紊乱的心态就会得到有效调节，进而达到健脑强身、益寿延年的功效。

读书健脑健身是符合“心之官则思”这一运行规律的。许多长寿老人有一个共同的健身秘诀，那就是每天读书、学习，正如“中国最后一位儒家”梁漱溟的座右铭：“活到老，学到老，思考到老。”国内研究人员曾对我国秦汉以来3088位科学家、艺术家和思想家的寿命进行过统计，发现他们平均寿命为65岁，这比新中国成立前人口平均寿命35岁几乎高出一倍。国外资料也表明，16世纪后欧美400个杰出科学家的平均寿命为64岁，而用脑最勤、读书最多的科学家平均寿命为79岁，其中爱迪生84岁、牛顿85岁、爱因斯坦76岁、福克雷114岁。这足以证明读书、思考对人的健康长寿是何等的重要！

人是现实中的人、生活中的人，人的美只有在与他人的交往中才能表现出来。

一位古希腊哲学家说过，“美存在于行为，即存在于每天的生活当中”。世界卫生组织对人的身心健康提出了八条标准，其中一条就是良好的人际关系。而生活中人与人交往的最好方式就是知识交流，成功交往的一个最佳练习就是读书。一个人即使拥有“环肥燕瘦”那样可以“沉鱼落雁闭月羞花”“回眸一笑百媚生，六宫粉黛无颜色”般的美，或是像“城北徐公齐国之美丽者”，然而只是孤芳自赏、顾影自怜在一个无人知晓的小屋，“养在深闺人未识”，其意义只能等于零。

玫瑰的美丽和黄金的高贵，都是人为的评价。玫瑰和黄金本身并无所谓美丑贵贱之分。当一个人在品评客观世界时，他是审美主体，而当走进别人的视野和语言议论当中，其审美体位就发生移动变化，转换成为客体。这时你的仪表、你的服饰、你的言谈举止，就只能交给周围的人来评判打分。因此，想使自己的美得到展现，你就必须走出家门，走向生活，与各色人等接触交流。而这时能够帮助你的不仅仅是巴黎时装、意大利口红，更重要的是你大脑里储存的知识。通过知识的交流、思想的交流，从而达到感情的交流。

人类已经进入知识经济时代，每个人都面临知识的挑战。读书，比以往任何时候都显得更加迫切和重要。不读书，或者读书甚少，你会在许多场合感到不适，显得无知、尴尬、丑陋和多余，并深深陷入窘境。而经常读书者，就会受到尊重，被人羡慕。因此我们可以在培根的名言“知识就是力量”后面再加上一句——知识就是美。

诚然，书有良莠之分、优劣之别，读书当以好书而择之阅之。择书如择友，一本好书，本身即是一位值得信赖的朋友，甚至可以引为知己，所谓良师益友。郁达夫说，“书本是人类思想的结晶，也是启发人类思想的母胎。……后来学者，多把书当作人类的朋友看待”。巴金说：“好的作品把我的思想引到高的境界，艺术的魅力使我精神振奋；书中人物的命运让我在现实生活中见到未来的闪光。……平凡的人物，日常的生活，纯真的感情，高尚的情操激发了我的爱，我的同情。”多少人正是通过读书改变了自己的生活境遇，甚至改变了一生的命运，明亮亮地走向成功，实现了理想。这样的生活实例，真可谓俯拾皆是、不胜枚举。

书籍是人类文明进步的阶梯，也是人类美的化妆师和美容师，是滋润一个人成长的精神雨露。读书可以使人变得聪明，聪明属于美；读书可以使人变得智慧，智慧属于美；读书使人增长才干，使人实现理想走向成功，才干、理想和成功都是美。读书还可以使人与人和谐文明地交往，从而形成良好的人际关系，塑造良好的人事环境，使你美上加美。为此，愿每个人都在生活的扉页上写下这样的一句话：读书美丽人，美丽人生，美丽生活，美丽世界；读书使人美丽，使人生美丽，使生活美丽，使世界美丽。

赏析

文章开篇写“爱美之心，人皆有之”来展现出人类爱美追求美的天性，接下来写了知识在现代生活中的重要，从而引出本文论点：读书使人美丽。这篇文章分别从三个方面论述了读书是怎样使人美丽的，为什么会使人美丽。分别是：外表美要靠内在气质支撑，而内在气质的形成则需要知识的灌溉；读书有益于身心健康，而健康便是美的基础、美的依附；人是生活中的人，人的美只有在和他人交往的过程中才可以体现出来，练习成功交往的最佳办法就是读书。作者通过对这三个分论点的阐释得出了最后的结论：读书使人美丽，使人生美丽，使生活美丽，使世界美丽。结构分布合理，首尾呼应，论述有力，逻辑性强。

本文除在结构上的精心雕琢之外，语言也十分生动形象。比如在第三段中作者从中国的“万般皆下品，惟有读书高”说到外国的“书籍是全人类的营养品”，充分运用了古今中外名人对读书的一些看法，说明了读书的重要性，有力地论证了自己的观点，也让文章的语言形象生动，吸引读者的阅读兴趣。又如文章的最后一个自然段中“读书可以使人……读书可以使人……读书可以使人……”这一系列的排比句增强了语势，突出了读书的重要性，表现出作者对读书这件事的看重，也是对整篇文章要表达的一个中心思想的总结。

总之，这篇文章无论是行文结构还是语言特色都让人拍案叫绝，值得我们借鉴。

（山西省大同市第一中学　景雨）

景雨，女，1975年生，山西大同人，任教于山西大同一中。系山西省教学能手，大同市名师，论文散见于国家多种期刊，并多次获奖。

爱子，教之以方

教育子女，是中国家庭教育的传统美德。《左传·隐公三年》中说："爱子，教之以义方。"孟母择邻、陶母画荻、韩氏和熊、岳母刺字……被历代传为佳话。我小时候看过一出古装戏，叫《三娘教子》，讲的也是这方面的内容。后来读曹操和诸葛亮的两封家书，深深被这两位杰出的政治家、军事家、文学家的言传身教感动。

"吾昔为顿丘令，年二十三。思此时所行，无悔于今。今汝年亦二十三矣，可不勉欤！"这是曹操告诫儿子曹植的话，意思是：我从前出任顿丘县令时，年龄 23 岁。回想这一时期的所作所为，无悔于今天。现在你也 23 岁了，不发奋努力行吗？

"夫君子之行，静以修身，俭以养德。非淡泊无以明志，非宁静无以致远。夫学欲静也，才须学也。非学无以广才，非志无以成学。淫慢则不能研精，险躁则不能理性。年与时驰，意与日去，遂成枯落，多不接世，悲守穷庐，将复何及！"这是诸葛亮给儿子的信，意思是：君子的操行，是通过心境专注而完善人格，通过节俭朴素来培养自己的品德，不恬淡寡欲就不能确立自己的志向，不保持内心宁静就不会达到高远的精神境界。学习，就应该静下心来，而才干的增长，离不开学习。不学就不会有广博的才能，不专注就不可能成就学业。懒散松懈，学习就不会精到；浮躁不安，就不能陶冶性情。年华和时光一起驰过，精力随着日月减少，那样就会像枯枝败叶一样凋落，变得衰老而无用，与时世无法连接，悲伤无奈地守在一个地方，追悔莫及了。

望子成龙，希冀后代不“光阴虚度，岁月空漾”，而要努力去建功立业，有用于社会，是两位父亲共同的出发点。然而，成什么样的“龙”，成才的角度和途径，曹操和诸葛亮的思路显然是不尽相同的。

曹操大智大勇，长于权谋，在中国历史上是一位个性鲜明、颇为引人注目的人物，有“其才绝世”之称。鲁迅先生说：“曹操是一个很有本事的人，至少是一个英雄，我虽不是曹操一党，但无论如何，总是非常佩服他。”毛泽东对曹操也甚为偏爱，曾写下“往事越千年，魏武挥鞭，登临碣石有遗篇”的诗句。曹操 23 岁就跻身仕途，写这封信时已是花甲之年，然而他对自己所选择的道路“于今无悔”，并引为骄傲和自豪，“烈士暮年，壮心不已”，一派大丈夫凛然气概、英雄风范。建安十九年（214 年）七月，曹操决定亲率大军南征孙权，临行前，他写了此信给曹植，作为告诫。出发在即，行色匆匆，不可能有更多的时间去洋洋万言，只好将希冀、慈爱、挂念等浓缩成寥寥数语，高屋建瓴，大家手笔，三言两语，言重九鼎。首句突兀而起，颇有“大风起兮云飞扬”的气势，结尾戛然而止，“含不尽之意见于言外”。

前人不乏明主贤臣、英雄壮士，曹操却没有选择也不去涉猎，而是从自己写起，单刀直入。既有现成典型，何必舍近求远。他巧妙地抓住了自己和儿子的共同点——年龄，从而笔锋犀利地切向问题的内部。在客观的对比中，把作为榜样的自己推到儿子面前。“知父莫如子”，曹操的人生，曹植心里是十分清楚的，因而无须赘言，说出自己就等于说出许多叱咤风云的人物和生动深刻的事例。这种现身说法的方式，最具有说服力、感召力和震撼力。父亲既是儿子的一面镜子，又是一座不易攀越的大山；镇守都城既是难得的机遇，又是一次严峻的考验；父亲的告诫，既是沉重的压力，又是人生的动力。就是这样，曹操将一腔爱子之情蕴藏在严厉的语言之中，教育、鞭策和激励儿子承继父业，有所作为。读罢这封仅有三句话的信，那个一脸豪气、表情威严的父亲形象，就仿佛跃然站到我们的面前。

史家评说曹操“外定武功，内修文学”，文韬武略，足智多谋。他“挟天子以令诸侯”抢先占了“天时”，“博览群书，特好兵法”，常“因事设奇，谲敌制胜，变化若神”，取得了“三分天下有其二”的业绩，统一了北部大半个中国。同时，他竭力收揽文人学士，并带头“横槊赋诗”。《魏书》说他“御军三十年……登高比赋”，促成了以“三曹”和“建安七子”为代表的邺下文人集团，开创了独具特色的建安风骨，宛然一颗明星，闪耀在中国文学史的夜空。他要求后代能文能武、德才兼备、全面发展，并成为他用人选才的思想内核。这可以参照另外两封给儿子的信，即《百劈刀令》和《诸儿令》来理解。前者说曹操打制了五把“百劈刀”，儿子中谁好文，就赠谁一把，以此刺激和吸引儿子们对文学的志趣；后者则是在要求儿子们“择慈孝而不违吾令”的同时，明确表明自己的用人态度：“儿虽小时见爱，而长大能善，必用之。吾非有二言也，不但不私臣吏，儿子亦不欲有所私。”爱和用是不同的两个概念，亲归亲，爱归爱，用归用。爱不等于用，用不惟爱，用的对象是“善”，而不是“爱”。这就是曹操的用人观：惟德才是举，将帅士卒，子女臣吏，一律如此，人人平等。

同样是政治家，如果说曹操是统帅型的，那么诸葛亮则是宰相型的；曹操是政治型的文学家，诸葛亮则是文人学者型的政治家。“不懂天文不为相，不知地理难为将。”诸葛亮才思敏捷、学识渊博、聪明过人，能成为一名杰出的政治家，得益于他学业的研精、才德的修养、明确的志向和高远的境界。然而，“梅花香自苦寒来”，是所有成才者的共同规律。苦行僧一般清心寡欲的“淡泊”和坐禅一样“外物不移”的“宁静”，使他得到了宝贵的磨炼。他在另一封《诫外甥》的信中反复讲到这样的思想："夫志当存高远，慕先贤，绝情欲，弃凝滞……忍屈伸，去细碎，广咨问，除嫌吝。"刘备"三顾茅庐"，方才请得诸葛亮出山，看似有点勉强，是受刘备的感动，实则内含着一种必然。战争是一座历史舞台。在"乱世英雄起四方"的社会大气候、大背景之下，怀抱远大理想和政治志趣的孔明，怎么会以"不知有秦，无论魏晋"那样的冷漠而逃避现实、甘于"悲守穷庐"呢？与其说他隐居深山，"卧龙"不飞，"潜龙勿用"，不如说他是在积极地寻找、选择和把握时机，蓄势待发。"不飞则已，一飞冲天；不鸣则已，一鸣惊人。"他时刻都在分析、观察和注视着时局的流变。从他那《隆中对》里关于天下大事的深刻剖析和精彩论说，我们可以找到有力的注解。他在《诫外甥》信中说："若志不强毅，意不慷慨，徒碌碌滞于俗，默默束于情，永窜伏于凡庸，不免于下流矣。"他取得研精之学、广博之才，不是要束之高阁、滞于庸俗，而是为了"接济"人生，用之于社会。他"淡泊""弃绝"的是个人的私欲和俗念，一心要确立经国济世的高远志向，实现"君子之行"。诚然，在选择依托对象时，诸葛孔明受到了自身品行的局限，或者说被自己所修炼的德行而误导。试想如果辅佐的不是刘备而是曹操，那么这一段历史无疑将会被重写，"三国鼎立"势必被"四海统一"而取代，那又是一幅多么绚烂的历史风景画。诸葛孔明的信是写给儿子的，却也是诸葛亮一生治学为人的总结，我们从中可以体味和领悟到他为什么能够志存高远，成为一代名相和人伦典范的真谛。在一封不足百字的尺牍中，把修身治学的大道理谈得如此透彻，无怪乎诸葛孔明成为智慧的象征了。"淡泊以明志，宁静以致远"，成为一句妇孺皆知的名言，给后人留下一份弥足珍贵的启迪。

赏析

本文是一篇议论文，主题明确，思路清晰。文章一开始引用《左传·隐公三年》中的“爱子，教之以义方”，开门见山，点明了主题，之后深刻论述了曹操和诸葛亮的两封家书，分析了他们在教育孩子这个问题上的共同点和不同点，但最后都归结于“爱子，教之以方”这个中心论点。文章内容衔接流畅，说服力极强，为读者详细展示了两位名人的教子方法。

本文运用了多种论证方法。首先运用举例论证，在提出主题后，先列举了孟母择邻、陶母画荻、韩氏和熊、岳母刺字、三娘教子等事例加以论证，后来又以曹操和诸葛亮为例，论述了“教子以义方”的重要性，极具说服力。其次，运用了对比论证，望子成龙是两位家长的共同出发点，然而成为什么样的“龙”，成才的角度和途径，二人的思路是不尽相同的。通过对比，使“教子以方”这个主题更加全面也更加深刻了。此外，运用了道理论证，为了论证曹操“其才绝世”，先后引用了鲁迅和毛泽东对他的评价；为了论证曹操用人选才思想内核的由来，先后引用了史家和《魏书》对他的评说；为了论证他的用人选才思想，先后引用了《百劈刀令》和《诸儿令》两封家书的内容，可谓有理有据，又生动翔实。

本文语言内容充实，文采斐然。无论是家书里各种内容的引用，还是行文论述中的引经据典，无不为文章增添文采。其中，“大风起兮云飞扬”的气势；“不知有秦，无论魏晋”的冷漠，甘于“悲守穷庐”的逃避现实；“不飞则已，一飞冲天；不鸣则已，一鸣惊人”的蓄势待发……种种经典，信手拈来，让人叹服。

（山西省大同市第七中学　赵庆梅）

赵庆梅，女，1974年生，山西大同人，任教于山西大同七中，中学语文中级教师。系山西省骨干教师、山西省教学能手、大同市优秀教师。

请托一个梦给我，母亲

我渴望有一个梦。

我渴望能在梦中看到我的母亲。

我常常在夜晚睡觉之前，静静地躺在床上，闭着眼睛，把母亲生前的音容笑貌和许多生活情节细细回想一遍，好应验“日有所思，夜有所梦”。然而，梦却不肯成全我，或是一夜无梦，或是映现一些与母亲无关的场景。这时，我就觉得很委屈，就想仰天长喊一声“娘——”，而后痛痛快快地哭上一场。母亲啊，你把儿子忘了吗？你的儿子有哪些不孝吗？你怕累了一天的儿子晚上睡不踏实吗？为什么连一个梦都不肯给我呢？我日夜思念的母亲！

我记忆的池塘里，清晰地照下母亲的模样时，母亲四十多岁光景。

母亲长得瘦瘦小小，身子骨极单薄，然而很有活力和精神；天生爱说爱笑，快人快语；鹅蛋形的脸上，闪动着一双明亮有神的眼睛。虽出身寒门苦家，却憋着一股子不屈于贫寒的心劲和骨气，是那种秉性刚烈、通晓事理的女人。

母亲生过七八个孩子，最终成活的只有我们兄妹五个，三男两女，其中我是最小的。童年时，常有邻居夸我生得机灵活泼，母亲疲惫瘦削的脸上就立刻闪耀一片欣喜的亮色和自豪的光彩：“要知道，俺三儿子原先是不打算要的呀！”

20 世纪 50 年代中叶，贫困的乌云厚厚地笼盖着晋北农村。“添手不添口。”在饥馑的沼泽地艰难跋涉的母亲，实在没有力气再拉扯她的第五个孩子了。一落地的我，就很自然地被丢弃在晋北农村点火做饭的灶火门口。父亲说这孩子不能扔，去把我“拾”了起来。孩子是母亲身上的一块肉，母亲把我紧紧地抱在怀里。我的生命就这样失而复得了。

已经被日子消磨得十分孱弱的母亲，起得更早，睡得更晚，像一架拧紧发条的钟表，不知停歇地奔忙着、辛劳着。家乡那一带盛产高粱、玉米，秋天时，男人们下地收割庄稼，早出晚归；女人们就在打谷场上剥玉米，打谷子，披星戴月。母亲动作麻利，手下格外出活儿。割倒的高粱，就地用高粱秆一捆一捆地系起来，车拉人背地运到打谷场上。接下来，女人们就用一种“掐谷刀”，有时也用镰刀，一穗一穗地把高粱穗子切割下来，这叫作“掐高粱”。母亲席地而坐，怀中抱一捆高粱，一穗穗高粱穗子，就从她手下鸟儿一样不停地飞出。不一会儿，母亲面前就堆起一座红色的“小山”。两个为母亲搬运高粱捆子的大男人终于累得认输了，服气了，央求母亲让他们喘口气，抽锅旱烟。众多女人里，记工员为母亲记最高工分。母亲的双手，被高粱穗子和叶子磨得殷红殷红，鲜血欲滴。母亲作为一把干活能手，从村头到村尾，可谓有口皆碑。至今，记得我母亲的人，常常要做一番感慨和赞赏。

“虎老惜子”，疼爱最小的孩子，或许是所有动物的本能。母亲把最大的爱心温暖无比地投在我的身上。倘若能有一口好饭，母亲咽到嘴里也会吐出来喂给我吃。我如果有个头疼脑热，母亲总是急得像一团火。没有钱求医买药，母亲就熬一碗姜汤叫我喝了出汗，或用米面换两个梨煮熟了为我止咳。我不思茶饭时，母亲就擀一碗白面和玉米面做的俗名叫“金裹银”的面条，打一颗自家养的鸡下的蛋，烙一张高粱面饼子。小学几年级了，一回到家，我还撒娇地躺在母亲怀里，撩开补丁重叠的衣襟“吃奶”。邻居们见了就逗我：羞人，羞人，没样子。十五六岁了，睡觉还跟母亲一个被窝，母亲的胳膊就是我的枕头，夜夜把母亲枕得胳膊麻木直叫痛。

我的记忆中，母亲是极少发火的，从来没有对我动过一个手指头。母亲是用一颗纯朴、宽容、善良的心，教会了我们许多做人的道理。不管与谁家孩子吵了架，不论谁的理长理短，母亲首先教训我们。“抬头女人低头汉”，家境再穷，日子再艰难，母亲的脸上从来没有畏惧和抱怨，她把苦难咬碎了咽在肚子里。她对自己的双手充满信心，她一看到她的孩子们，心就怒放如一朵苦菜花。她每天和太阳一起，昂然向上地走向生活。母亲教育我们，吃饭穿戴可以穷，但是心不能穷、志不能短，要在心上长颗牙。老实依然在，桥虚两头空。别人家的东西，即使一根针，也不能捡回到自己家。长大后，我读到了“穷且愈坚，不坠青云之志”的古训，读到了美国总统罗斯福的名言“只有恐惧本身，才是我们唯一应当恐惧的东西”。我感谢母亲，她让我们从小就受到了坚强的塑造、力量的鼓舞。不论在多么艰难困苦的环境下，都要乐观自信、知难而进。“人从虎豹丛中健，天在峰峦缺处明。”母亲十四岁就嫁给了二十七岁的父亲，她常对我们讲起有很长一段日子，饱受我父亲的打骂。孩子在父母中间，任何时候，立场总是坚定不移地站在母亲一边的。有一次，母亲和父亲发生口角，十来岁的我抢白了父亲几句。然而，责骂我的首先不是父亲，而是母亲。母亲说，我和你爹怎么吵怎么打，那是平起平坐的辈数，可对你们来说，父母就是一重天哪，顶撞父母那就是不敬不孝！此后，我再没有顶撞过父亲，而像对待母亲一样，献一片孝心给父亲。

母亲和父亲加起来不认识一个字，可是母亲却每每苦口婆心地要我们好好念书。至于念出书来能有什么大的用处，母亲是不敢有多高奢望的。“万般皆下品，唯有读书高”这一警策之语，母亲也不曾听说过。举人秀才之类的故事，父亲倒是从外面听回来讲过，可母亲像对待神话一样，听一听就过去了。但是肚子里有了“墨水”，就不用像她那样吃苦受累，这无疑是母亲最朴素的想法。母亲说，只要你们肯念书，是那块材料，不管念多高，娘就是再把裤带勒得紧一圈，也要供得起学费和书费。村里许多比我家富有的人家，孩子们早早地就辍了学，有的去学什么油匠木匠手艺，有的下地帮大人干活，多挣一些工分，而要强的母亲一口气把我们兄妹三个供得读了县立中学，这是一项多么不容易的工程啊！

为了让我们安心读书，母亲从牙缝里抠，从手指头上省。粮食不够吃，就用野菜和谷糠来补。母亲腌菜，在那条街上是出了名的。每逢秋天，母亲就在两个比我还高的大瓷瓮子里铺一层菜，洒一层盐，满满溢溢地腌上各种菜，诸如甜苣、苦菜、萝卜缨子。为了腌得结实，最后用一块大黑青石压住。秋粮入囤，母亲也不忘在玉米面中掺糠，在高粱饭里夹菜。母亲说，要省就得在瓮口上面省，等到瓮子底时，就已经迟了。在一个个露水打湿的早晨，我们睡得正香，母亲从田野上回来了，她放下沉甸甸的装满青草和野菜的大箩筐，开始喂猪喂羊喂鸡，努力地支撑和保护着脆弱的不堪一击的日子。冬棉秋夹夏单衣，而十冬腊月里，母亲上身只穿一件夹袄，要熬过几个月的严寒，常常冻得像一片风中的树叶瑟瑟颤抖。

母亲不喜欢别人廉价的施舍和同情，常说人情债难还。富一点的人家，开始用上了缝纫机，主动帮我母亲裁做衣服，母亲就提出为人家纳鞋底、绱鞋帮。那密密麻麻的针脚，纳入母亲多少个不眠之夜呵！穿过我母亲做的鞋的人都说：张绪仙纳的鞋底子，就像胶皮底子一样坚实耐磨。可他们怎么知道，那用补丁叠摞的有半寸厚的鞋底，由于手上的劲不够使，针线无法从锥子眼里穿过，母亲就只好用牙齿咬住针往过拔，本来苍白的脸憋得紫红紫红……

母亲用双手的勤劳和铮铮骨气，赢得了左邻右舍的敬重。母亲就这样背着生活的艰辛，一步一步地向前走着，走到第56个春秋的门槛时，再也迈不动脚步了，落日一般无声地倒了下来。整个村庄为之悲恸。

我无数次地这样回忆着母亲，而母亲只是在回忆中向我微笑，却一步也不曾走进我的梦里。有一天，我突然想到莫不是远离乡村，深居都市，对父母祭奠不够？去年清明节，我特地回到家乡，独自一人跪在父母双亲的坟前，划着火柴，点燃厚厚一沓五色纸和一摞纸钱，并呜呜然哭了好一阵子。“纸灰飞作白蝴蝶，泪血染成红杜鹃。”长久郁积在心头的苦苦思念，二十多年风雨人生的痛楚感触，无法说与别人听的一曲曲心思，都一股脑儿地哭了出来，宛如开闸奔腾的流水；哭后，仿佛卸掉一摞沉重，心里豁然舒畅了许多。

从心泉里流泻出来的哭声，使整个旷野布满无边的寂静。靠近陵园的右边，是那条亲切的季节河。儿时小伙伴们嬉戏打闹的情景，像河床里各色各样的小石子，散落在河的两岸；河边那一排白桦树，一定还萦绕着母亲当年唤我吃饭和我生病时喊着我的乳名为我叫魂的声音。是你吗？那株老榆树，我曾像猴子一样爬在你的最高处，一串一串捋你的榆钱叶，让母亲为我做成清香无比的臊子，调着母亲搓的高粱面“鱼鱼”吃。什么时候，老榆树上落了一群麻雀，是当年那些异类伙伴吗？一双双熟悉的眼睛，齐刷刷地向我投来温暖和慰藉。是我的哭声译成了鸟语，引起了麻雀们的共鸣吗？怀念父母的心声，是动物界共同的语言！

我跪着，从糕点盒里拿出各种点心糖果，撒在坟的四周。羊有跪乳之情哟，鸟有反哺之义，母亲，你受了一辈子的苦，而儿子我太小，竟不能报恩于一二。一颗悠悠寸草心，永远愧对三春晖！生活中，每遇朋友、邻居回乡下探母，或接双亲来住，我的心就会隐隐作痛，就觉得我的岁月残缺了什么。按照民间传说，父母亲将会透过五色纸的火焰，看到为他们烧纸的孩子。那么，母亲，你看到我了吗？看到了日夜思念您的儿子了吗？！

母亲的一生是与贫穷顽强搏斗的一生，虽然最终没有战胜贫穷这个恶魔。我头脑里常常闪现着令人揪心的一幕：弥留之际，母亲断断续续、反反复复地说，枕头下，也许是炕席下，压着三元钱。我们找过了，没有，压根儿就没有。那是母亲对金钱的渴望，对富裕的向往，对贫穷的诅咒和控诉。母亲不仅仅是给我以生命和母爱的亲娘，她已经升华成一种无法用语言表达的伟大精神，是一束光，永远照耀着我，照耀着我的思想、灵魂，照耀着我的一切一切……

赏析

最痛的念，莫过于无梦的眠。

这一篇怀念母亲的歌，是从作者心底流出的。一片赤子之情殷殷在目，感人肺腑。母亲“瘦瘦小小”而坚毅，“快人快语”而通情达理，母亲的淳朴善良，母亲无涯的爱和有底线的教诲，母亲的勤劳和铮铮骨气，时时处处拨动着我们的心弦。

饱满的情感和动人的细节，是文章打动人心之处。

作者的抒情，不是干巴巴的陈述，而是在一点一滴的细节中，让我们看到一个光辉而伟大的母亲。

打谷场上“掐高粱”，“母亲的双手，被高粱穗子和叶子磨得殷红殷红，鲜血欲滴”——这，是吃苦耐劳能干的母亲；生病时的姜汤梨水、蛋烙高粱面饼、“金裹银”面条——这，是舐犊情深、无微不至的母亲；母亲补丁重叠的衣襟，母亲宠爱小儿子“吃奶”，“十五六岁了，睡觉还跟母亲一个被窝”，“夜夜把母亲枕得胳膊麻木直叫痛”。这样的细节，是带着体温的真实，是一个儿子暮年回首，再也难以托举的恩情，是无力报偿恩情的痛楚。

还有母亲纳鞋底，“针线无法从锥子眼里穿过，母亲就只好用牙齿咬住针往过拔，本来苍白的脸憋得紫红紫红”——慈母手中线，游子身上衣，这一切，无须言说。

最难忘的是，“弥留之际，母亲断断续续、反反复复地说，枕头下，也许是炕席下，压着三元钱”。这是怎样一个饱经忧患的母亲啊，让我们泪湿双眼，无语凝噎。要知道，正是这样千千万万朴实如大地一样的母亲，让我们永远记着自己的来处，不忘自己的根本与初心。

作者的抒情之所以感人，更是因为不虚不隐，真真献出一颗噗噗跳动的心。

作者的语言本真朴素：“母亲说，只要你们肯念书，是那块材料，不管念多高，娘就是再把裤带勒得紧一圈，也要供得起学费和书费。”

作者的赞美无须夸饰：“家境再穷，日子再艰难，母亲的脸上从来没有畏惧和抱怨，她把苦难咬碎了咽在肚子里……一看到她的孩子们，心就怒放如一朵苦菜花。”

作者心中的伤，真实而沉痛：“母亲就这样背着生活的艰辛，一步一步地向前走着，走到第 56 个春秋的门槛时，再也迈不动脚步了，落日一般无声地倒了下来。”

正是这样的赤诚与本真，引起了读者强烈的共鸣。“每遇朋友、邻居回乡下探母，或接双亲来住，我的心就会隐隐作痛。”没有在深夜痛哭过的灵魂，永远无法体会这种“子欲养而亲不待”的苦痛煎心。文章的题目，就是一个失母游子心底无助无应答的呐喊：请托一个梦给我，母亲！

最痛的念，莫过于这样无梦的眠。

（山西省大同市云州区第一中学　宋晓芳）

宋晓芳，女，1974 年生，山西大同人，现任山西省大同市云州区一中教师，山西省模范教师、大同市劳动模范、大同市骨干教师，大同市中小学学科带头人，山西省作家协会会员、大同市儒学研究会副秘书长、连云港市作协会员。有多篇教学论文获奖并发表在国家级和省级刊物。

野狼·红柳冢

大漠，一派苍凉的辽阔。

帐篷一搭，即是安身之家。

实在太疲劳了，躺下就入睡，且整夜无梦。一觉醒来，伸手一抓就是一大把阳光。

挑起帐篷门帘，啊！我不禁倒吸一口冷气。惊惧突如其来，像一枚钉子，把我定格在那里。

狼。一只野狼。在百米处沙丘上的一块大黑石头旁，与我对视。只是那目光，没有想象的那样凶残、贪婪，而充满机警和好奇。

这只野狼，四个蹄子，雪样发白，仿佛穿了四只白色网球鞋。苍黄的毛色，光滑油亮。个头不算大，却显得矫健英俊。在沙漠运动场上，它准是百兽群里的百米运动员。

愣了一阵子，我才想到防卫，想到猎枪。

当我端着猎枪走出帐篷时，狼已经不见了。

下午，我打开录音机，放起贝多芬的《命运交响曲》。突然从帐篷的隙缝里，我看见那只野狼正卧在早晨看到的那个沙丘上，侧着耳朵，聚精会神。狼在听音乐吗？狼也喜欢音乐吗？狼也懂音乐吗？

我呼地起了念头，把警惕、人与狼的差别与猎枪一起，扔在了一边，顺手抓几块罐头里的肉，钻出帐篷。

野狼看见我，吃了一惊，本能地跳起来，退却几步。

我使劲朝它甩去手里的肉，它却以为是向它袭击，拔腿就跑。但一定是闻到了肉味，又猛地刹住，回过头来一步一步向肉走去。

走到肉前，狼突地一点头，敏捷地叼起肉，转身跑了一段路，这才掉过头来，一边谨慎地嚼着，一边摆动尾巴，就像一只狗在感谢它的主人。

我觉得不再寂寞和孤独，就冲着天空大喊一声：大漠，I love you!

然而，这以后，一连几天，再没有见着狼。

第三次见到狼，是在一个傍晚。

我点了一堆篝火，特地放着有《北方的狼》曲子的磁带，随意跳起舞来。

蓦然，我感觉不是独舞，身边还有伴舞者，那便是那只野狼。

火光照耀下，野狼踩着音乐节拍，来回走动，那样认真，那么有趣。只是我发现，野狼的一条前腿瘸着，深一脚，浅一脚，减了几分先前的精神。自己摔的？同类咬的？猎人干的？

这只野狼为什么总是跟着我？是为了排遣心中的孤寂？是把我当成异类中的朋友？是把我想成一顿美餐？

有野狼伴舞，我跳得有点近乎疯狂。累极了，我一屁股跌坐在沙地上。狼呢？什么时候离开的？它去了哪里？它有家吗？家在何处？

带着一连串问题，我恍兮惚兮，进入了梦境。

突然，一阵狼的嚎哭，把我惊醒。我本能地弹跳起来。

从帐篷的窗子惶然张望，啊，月照中天，一片煞白，把整个大漠照得贼亮惨明，森然可怕。月亮下，沙丘上那只野狼后腿支撑，身子直立，雕塑一般，对月长哭。那哭声凄惨、悲戚、苍凉，我听得毛骨悚然，寒战不已。

猛地，野狼前腿收回落地，朝我的帐篷一瘸一拐而来，并环绕我的帐篷嗥叫不息。

狼！毕竟是狼！兽性不泯，狼性难改！穷凶极恶的家伙！我一直友好待你，你饿疯了，却向朋友发难了。我想起柳宗元的《黔之驴》，那贵州小老虎，不就是采用这样的手段，把庞然大物的蠢驴吃掉的吗！

蠢驴！我一边骂着自己，一边操起猎枪，从窗口伸出去，却说不清为什么，只是朝天开了一枪。

然而无济于事。野狼真的疯了，竟然撕破我的帐篷，钻了进来。

“砰——”野狼应声倒下。它艰难地抬起头，痛苦地看我一眼，挣扎着，淌着血，向外面爬去。

当我追出来时，狼已死在沙丘上那块大黑石头旁边。

这时，惨白的月亮变得黯淡起来，天地呈现一片混沌。继而，一阵大风铺天盖地，不知从何处席卷而来，凶猛的风浪，像谁抡起的大锤，猛地把我砸倒在地。

当我醒来时，大风已经无影无踪，太阳依旧鲜红地照耀着一望无际的沙漠。

我发现我的双手紧紧抱着那块大黑石头，身边是那只死去的野狼。而我的帐篷，散了架子似的倒在远处。

惨白的月亮。野狼的啼哭。枪声。风暴……昨夜惊心动魄的一幕，在我眼前翻腾，闪回。

“狼拜月神”——我蓦然想到了当地古老的传说。

我低头看一看野狼，它被黄沙埋了一半，那眼睛沉重地关闭着。但我知道，无论怎样努力，我都无法抹去我在野狼眼睛里沉重的投影……

我是用了我的两只手，一铲一铲地在沙丘上挖了一个深深的洞穴，把野狼轻轻地放了进去，再用沙土一捧一捧地掩埋。

之后，我又走了很远很远的一段路，找到一丛一丛零散的红柳，斫下一小捆红柳枝，带回到沙丘，一根一根地插在野狼的墓堆。

做到这里，我突然想到了什么，从身上找出那把撬罐头盒用的瑞士十字军刀，在沙丘那块大黑石头上，雕刻下两行隶书：

红柳冢

一个人和一匹狼的故事

……

一个事件产生的影响，从来不会因为事件的结束而结束。是的，风暴已经过去，然而过去恰好说明它曾经来过。就像你信手将一颗石子投进一镜湖泊，激起的一轮轮涟漪，会在你的视线之外，绵绵不绝地荡向幽远幽远的地方。那每一丝细碎的微澜，都将使空气、阳光、花草，甚至天空飞过的小鸟，受到不可避离的波及。蝴蝶翅膀的扇动，唤起了宇宙的变化，混沌学说就是这样向我们解释世界的。

野狼并没有因为被埋葬而从我的世界里消失，它最初的目光和最后的眼神，像神秘的星星，总是在我梦的天幕上闪烁着，挥之不去。

怀着一颗比善男信女千里还愿还要虔诚的心，几年后，我再度来到大漠，来到那座日夜叫我魂梦萦绕的红柳冢。

红柳与胡杨一样，是生命力极强的树种，它们风景着沙漠的风景，生机着沙漠的生机。几年的时光，红柳便把那一片小山丘茂密成一片树林。远远望去，红柳冢红得就像沙海里一箭映日红荷，红得就像我胸中那颗火焰般激荡跳动的心。

在红柳保护下，野狼的坟茔安然如石。那块黑石头上的两行隶书清晰如初，跃跃然，一眼就读出了我，读出镌刻在我头脑里那一幕人与狼演绎的令人扼腕的悲剧：大漠。音乐。篝火。惨月。狼哭。枪声。风暴……读得我心里生出一阵阵不安、愧疚和疼痛。

我打开摄像机，从不同角度对红柳冢做了全景摄录。这一卷特殊图景，将作为我人生的一份重要档案，珍存在我的生命之中。

接着，我把特地带来的一束鲜花，放在野狼的冢顶。

继而席地而坐，用吉他为野狼弹唱了一曲我和野狼都很熟悉的《北方的狼》：我是一匹来自北方的狼，走在无垠的旷野中……不为别的，只为那传说中美丽的草原……

那天晚上，我没有住在大漠的帐篷，而是客居在大漠近处一个村镇的老猎人家里。

说老猎人，是因为他曾以打猎为业，只是几年前的一天，他突然独自一人喝了大半夜的酒，从此，就把猎枪扔到了生活的一个角落，连碰都没有再去碰一下。这件事发生得那样突然，以至于村镇上的人们都觉得有点怪异和蹊跷。

老猎人不善言谈，甚至连看都不去多看你一眼，只是默默地做着他自己手中要做的事。

他烫了一壶“野狼”牌烈酒，只抛了一个眼风，就知我不胜酒力，便不作多劝，独自一个人闷闷地喝了起来。

我觉得空气有点沉郁，就主动与他搭讪。

老猎人听说我去了红柳冢，眼睛忽地朝我一闪，仿佛敲击燧石般迸出尖锐的火花，叫我生生地吃了一惊。那举起的酒碗，端端地定格在他的嘴边。

红柳冢！你也听说过红柳冢？啊哈，你说你是专门为看红柳冢而来的？

是的，大叔。

你在红柳冢看到了什么？红柳？墓碑？你听到了什么？歌声，狼的歌唱？红柳树的吹动？……老猎人说着，嗵的一声，手中的碗重重地落在桌子上，碗里的酒跳溅出来，流动的形状，就像我心中的诧异。

我！……

你一定不知道红柳冢的来历，没有听说过红柳冢的故事！

是的，我没有……

吉尔，那是吉尔！

吉尔？

对，吉尔，一头野狼的名字。

野狼？野狼叫吉尔？

不错，吉尔是狼王的儿子，就是王子。

吉尔是王子，狼王的儿子？

那件事，已经被岁月的翅膀带走好几年了。……村镇上的一个小女孩，被几头野狼叼了去，村里慌乱成一片，人们纷纷舞枪弄棒地要去闯大漠救人。人潮刚刚涌到村口，突然传来一声女孩的啼哭，大伙儿一看，愣住了，胡杨树下站着的不正是那个小女孩吗？奇怪的是，女孩的身边，有一头野狼。野狼一身好毛色，苍黄苍黄，就像早晨蓬勃的阳光，四只蹄子雪白雪白，就像镀了白银一样耀眼，它的眼睛里亮着和善的目光，谁看了都会觉得心热……

这么说，是这只野狼把那个女孩送回来的……

你猜得不错。只是谁都不知道野狼群里发生了什么样的事情，这头野狼为什么送女孩回来。唉，哪来那么多的为什么，眼前的事实是野狼把孩子送回来了，就这么一回事。这就是我们为什么叫它吉尔的原因。吉尔，多么好听的名字！

吉尔完成了任务，看得出，一脸光荣和自豪。它转身正要走，见鬼，人群里不知是谁甩出了一把菜刀，只听得吉尔“嗷——”凄厉地尖叫一声，随即投入了无边的旷野，像一卷风，像一道闪电。是的，吉尔是拐着腿离开的，可那敏捷的背影，一点儿也不失从前的威风、尊严和高贵……

（听到这里，我的脑子里突然闪回一个镜头：篝火熠熠，勾画出一只野狼踩着音乐节拍，一瘸一拐来回走动的身影……）

不几天，村镇上又传出一个听了叫人悲伤的消息，一个来大漠考察的艺术家被一头野狼咬伤后，用枪打死了野狼，而那头野狼正是吉尔，吉尔……

这时，我的脑袋咣当一声，像一面铜锣遭受到一锤猛烈的击打。老猎人一晚上的烈酒好像全都喝到了我的身上，我只觉得从头到脚一阵灼烫，一阵热辣辣地膨胀，胸中仿佛被谁塞进一团火焰，呼呼地燃烧，腾腾地蹿动。

……有人发现了艺术家和吉尔的尸体，就把他们俩一起埋在了沙丘上。第二年春天，墓堆上神奇地长出了红柳，一株、两株……一直长成了一片红柳林……噢，你在红柳林中看到一块黑石头吗？看到黑石头上刻着那一行字了吗？

不等我回答，老猎人叹一口气念道：红柳冢，一个人和一匹狼的故事……

看他那专注迷恋的神情，好像对面坐着的不是我，而就是那块黑色的碑石。

有一天晚上——老猎人继续着他的回忆：我打猎返回镇上的时候，经过红柳冢，突然听到一阵奇特的声音。不错，是狼，是狼的声音，可我一点儿也不觉得恐惧和紧张。因为那不是叫，不是嗥，而是歌，是唱，是诉说，是呼唤——上帝的呼唤。我发誓，那是我一生中听到过的最好听最动人的声音。

老猎人说到这里，打住了话头，用微微泛潮的眼睛看我一眼，那一双红灼的眼睛里写满了无限的深情和向往。我敢说，这眼神比大漠上空的白云还要澄澈和崇高，比大漠丰饶的流沙还要洁净和神圣。老猎人猛地操起酒壶，咕咚咕咚把一壶烈酒一口气倒进了肚子，顿时，老猎人的脸就像夏日的红柳一样红灿、光亮、神采焕然。

我把猎枪扔了！从那个夜晚开始，我把我心爱的猎枪、陪了我大半生的猎枪扔了，我发誓……不，不光是我，还有许多人，我是说像我一样听到过红柳冢狼的呼唤的猎人，都一个一个地把猎枪扔掉了……一位朋友对我说，有一次，他在大漠亲眼看到一群野狼，少说也有百十头，聚集在红柳冢前，齐刷刷地昂着头，引颈长歌。那声浪如惊雷，如海啸，如风暴，拍打得你灵魂都要出窍。打那以后，他也把猎枪扔了……

……

老猎人讲的红柳冢的故事，把我心中那一处隐蔽的伤口生生地揭开来，一种说不出的痛，在我心灵深处六弦琴般颤动。我的脑袋真的像灌满了烈酒，发沉，发晕，发胀。但我清醒地知道，我要做的是，必须从老猎人讲的故事里立即逃离出来。否则，我会发疯的！

那个晚上，我没有对老猎人再说些什么，作为红柳冢真正的主人公之一，我又能说些什么，说些什么呢？

红柳冢，像一个凄美生动的谜，神秘着神秘的大漠，神秘着大漠的神秘。那么就让这个谜，永远这样谜下去吧，谜的魅力和意义，或许就在谜的本身，而不在谜底。

那晚，我一夜没有睡着，老猎人讲的红柳冢的故事，终究是人类的演绎，那么野狼族里也会有这样的传说吗？倘若有，那又该是一种怎样的版本呢？可惜的是，它像我们电脑里的一个文件夹，由于我们找不到它的密码而无法打开……

赏析

《野狼·红柳冢》，每读惊心。“野狼”的“野”，是谁的“野”？“红柳冢”的“冢”，又是谁的“冢”？再三读之，读人性与兽性，读大漠与众生，就读出枪声与月亮的共鸣，善良和狼群的分野。

狼有人性，人有狼性。大漠沙如雪，天地唯余一人一狼，一样野蛮，一样善良。用同一块肉，一再丈量生死的距离。很难说，月亮之下的狂舞与月亮之上的嚎哭，哪一个更具狼性；也很难说，隔着帐篷的缝隙，两双四只对视的眼，谁的光芒更耀眼，谁的善良多一些。唯有月下人狼共舞，是天地之间荒古的和谐。

电影《少年派的奇幻漂流》，人与虎，孤处茫茫一舟，其间的平衡，是最微妙的考量。地球之上，绝无新事。最可怕的，莫过于人与自然，互为狼群。更可怕的是，把愚蠢端上餐桌，以杀戮为文明，饕餮一只蝙蝠，把自身当作盛宴。

故事里的狼，时时有人性的温暖，送回失踪的小女孩，不顾一切警示自以为朋友的人类。而自诩为人的人，突然便爆发出兽性的锋芒，一把射出的菜刀、一颗目标明确的子弹，最终击中的都是自己的痛处。这是一种上帝视角的悲悯、强者的俯视。看见悲喜，看见人兽之间上演的“野”。

至于“冢”，是红柳冢、狼王冢、人心之冢，是“心中那一处隐蔽的伤口……一种说不出的痛”。其中埋葬的，是“我”亲手击碎的信、义、情。好在，还有老猎人。他，以及他们，以放下猎枪的仪式，回应狼群的呼唤，并郑重承诺。那是一种怎样的震撼：群狼深夜“聚集在红柳冢前，齐刷刷地昂着头，引颈长歌。那声浪如惊雷，如海啸，如风暴，拍打得你灵魂都要出窍”。

富有深意的是，狼冢之上“我”亲手插的“红柳”，“它们风景着沙漠的风景，生机着沙漠的生机”，“红得就像沙海里一箭映日红荷，红得就像我胸中那颗火焰般激迫跳动的心”。也许大自然允许我们和解，人兽之间的伤痛，需要植株来抚平，这是母亲式的包容。

文章前一部分写“狼王”，后一部分以“红柳冢”贯穿。叙述与描写都极富张力，有强烈的视觉冲击，更有留白的余味。

（山西省大同市云州区第一中学　宋晓芳）

解读落叶的八种视角

窗外。隐形的风，伸出那只看不见的手，轻轻摘落几片枯黄的树叶。

这是秋的一个经典细节，简洁而自然。

室内。老师灵机一动，唰唰唰，在黑板上写下新概念作文题目《落叶读》。

学生 A：一叶知秋，滴水映日，皆为见微知著的生活例证。眼前这片落叶，就是一枚秋的邮票，它通知我们说，秋来了。无声胜有声的落叶，在我心的湖面，激起一轮波光闪闪的警示——我们唯一能做到的就是“一万年太久，只争朝夕”，“花须连夜发，莫待晓风吹”。在有限的岁月里，最大限度地发散生命张力，拓展生命空间。当生命像落叶飘零时，不是一丝怨悔的叹息，而是一声金色的欢唱。

学生 B：瑟瑟一片叶子，隐喻了生命的短暂，是“人生一世，草木一秋”的注释。人们熙熙攘攘、来去匆匆，无一不受“名利场”的牵引、支配、驱使，纷纷环绕“利益”的轴心，近乎疯狂地旋转、奔波，最终千篇一律地写成“一生疲累，疲累一生”的风俗史。面对这片饱经风霜、瘦容如纸的黄叶，与其算计，纷争于红尘，何如“归去来兮”。

学生 C：落叶如金，闪烁果实一般的灿烂和荣耀。世界上没有不落的叶子，重要的是拥有一段绿色的历史。黄叶曾是一把缓缓撑开的绿伞，是一轮徐徐然长大的绿日。它用鲜嫩的青春和凝碧的光芒，绿了春天，绿了夏天，绿过一双双爱美的眼睛，绿过一对对牵手从树下走过的恋人，最后无怨无悔地完成人生的行旅，抵达生命的驿站。从一撇一捺光谱般的叶脉，可以破译出叶子的生命线是怎样的美丽。现在它恬然落下，落成一句“化作春泥更护花”的古诗。

学生 D：花开花落，叶青叶黄，乃为大自然的生态属性。“夕阳芳草本无恨，才子佳人空自悲。”“人生自古有情痴，此恨不关风和月。”那些“感时花溅泪，恨别鸟惊心”，“晓来谁染霜林醉，点点都是离人泪”之类，皆是庸人自扰、无事生非。“人类一思考，上帝就发笑。”纵然“草木有本心”，又“何求美人折”，最终落个“多情反被无情恼”，“尴尬人难免尴尬事”。

学生 E：经济学把劳动划分为抽象劳动和具体劳动。“过来昨日疑前世，睡起今朝觉再生。”落日只是短暂的休眠，翌日清晨，又将升起新一轮的太阳。而来年早春，千枝万杈也将再度插满绿色的旗帜。时间或许会在某个个体生命那里打结、搁浅、断裂，而大自然和人类的车轮，将永远滚动飞旋，驶向远方……

学生 F：春的新绿，夏的深秀，秋的熔金，都离不开叶子装点着色。没有树叶的季节和原野，是一种残缺和失误，多么令人沮丧、乏味、感伤。叶子的意义有时与希望和信念一样高贵，欧·亨利不就是用《最后一片叶子》复活了一个女画家的生命吗？因此，发明和创造是一种比克隆更神奇的高科技手段，让叶子新美如初，春意盎然，这是我的理想……

学生 G：一位女孩弯腰拾起一片落叶，噢，也许她要把落叶夹在《新概念英语》书中，当成一枚别致的书签。不，最好是一叶小舟，在知识的海洋里飞渡。不，也许她会把落叶作为一札诗意的馈赠。一片浓缩秋天的落叶，或许比一枝带露的玫瑰更富有内涵。

学生 H：从远处走来一个清洁工，他扛着一把竹子扎成的扫帚，木然地走近树叶，哗——哗——，机械地把落叶扫在一起，之后，掏出打火机，“叭”的一声点燃。一片片落叶，在金色的火焰中，痛苦地舞蹈、呻吟，像一只只恋花的蝴蝶。

一切复归平静。

赏析

“解读”一词，包含着人类对生命、人生、生活主观上独特的认识和理解。

“落叶”是我们生活中常见的自然物，它是秋的标志，沉淀人们悲秋的凄婉，以及对草木易凋、人生易老的无奈与伤感。然而面对“落叶”这一自然物，作者却对它产生无限丰富的遥想：或惜时奋进，无悔过程；或顺乎自然，轮回生命；或令人无端生悲，展现价值情味；或妆点世界，呈现生命终结时的绚烂与悲壮……作者将落叶赋予了不同的精神内涵，诠释了不同的人生境遇，让我们看到了生命的生生不息与多彩悲壮，顿悟了生命的意义与人生的真谛。这些，都源于作者对生命的深沉感悟。

法国作家雨果曾说：“想象就是深度。没有一种精神机能比想象更能自我深化，更能深入对象，它是伟大的潜水者。”对“落叶”八种视角的解读，足见作者想象极其丰富，而且贴切自然，若水中着盐，无迹可求。

文章语言生动优美，洗练深刻，清词丽句不胜枚举，尤其引用大量诗句，不仅使语言表达更加简洁凝练，而且拓展了意境，使文章意蕴更加丰富，增强了作品的感染力。

八种视角的背后伫立着八个不同的生命个体，每一个个体的生命对落叶的解读都可以是独立的；但作为一篇文章，似乎更应该重视文章上下文内容的联系，如若能在遵循逻辑的基础上对本文的结构做一微调，可能会更有助于读者准确、严密、清晰地认知事物。

（山西省大同市第二中学　王永杰）

王永杰，男，1971年生，山西大同人。现任教于山西省大同市第二中学，中学语文高级教师。系山西省模范教师，大同市教学能手、骨干教师、优秀班主任、青年人才。

写在人生的插页

再没有什么比河流更像人的生命了，正如再没有什么比海洋更像社会生活。生命就是一条河流，将时间沉淀为历史，让黑暗化作美丽的日出。奔腾是她不倦的歌唱，大海是她鲜花盛开的土地。正如罗曼·罗兰所言，约翰·克利斯朵夫的生命像一条河……

生命是用来创造的。人生在创造中展开，生命在创造中灿烂。

激情和信念是创造的燃料，勇敢是点燃创造光焰的火苗。

做一个有光的人、一个动态的发光体，走到哪里，便带一轮柔和的光到哪里。做不到阳光那样灿烂，做不到烛光那样无私，却也不愿像月亮借他人之光发自己清幽之冷，而只想做一盏普通的灯火，默默绽放快乐的亮色与温暖的光照。

首要是自信，居里夫人说："自信，否则没人信你。"其次是自律，自律，让你走向优秀。第三是自强，当你足够强大，世界就会向你孔雀开屏。

心中有书卷，谈吐才会有雅韵；心中有远方，脚步才会有从容。心中有泰山，事业方可有高峰；心中有黄河，人生方有大气象。山自重，故不失威峻；海自重，故不失雄浑；人自重，故不失尊严。心中亮一盏灯，再黑的夜也不会迷路；心灵敞一扇窗，多窄的路也有广阔远方。

最需要适时清理的不是电脑，不是房间和办公桌，而是思想的内存、心灵的卧室。唯有思想空灵，方可轻盈飞动，穿越古今；唯有心灵虚静，方能包举宇内，囊括四海。

天所以上升居高因其空，海所以包容百川因其低，地所以载动万物因其厚，山所以屹然风雨因其坚。空、低、厚、坚，天人相宜。

人生不能缺失的，第一是目标，第二是平台，否则生命便是放逐与流浪。

河床的宽窄，取决于河水的流量。只有博大深邃的河流，才能开辟出宏阔与悠远的河床。

山，一片站起来的土地。山的意义在于，为平旷的地面树立了一个高峻的维度。高度，意味着更广阔的视野和空间；高度，让人生变得立体和多姿。

生活本身并没有什么色彩，之所以五光十色、缤纷绚丽，是因为每个生命带来了各自别样的颜色。

藏起背面荒凉的阴影，将光华展现得明灿灿，这就是月亮；遮蔽一半沉睡的黑暗，将光芒绽放得红焰焰，这就是太阳。即使是伟人，高山仰止的伟人，内心也都有阴影飘落，只不过很快被信念的阳光驱散，或者被雪藏心灵深处而已。

没有不穿越苦难的优秀，否则，所谓的优秀便弱不禁风。没有捷径可以让人变得优秀，必须做好蹈火炼狱的足够准备。“你必须准备好沐浴在你自身的烈焰之中：你怎么可能重生呢，如果你不先化为灰烬？”尼采的高论振聋发聩，穿越时空，依然像山泉明澈透亮。

生命因思想的星空而崇高，生活因思想的海洋而深邃。思想让我们从自发升华到自觉，并把我们引向智慧的天国。思想有时也让我们感到承受之重，而唯其重若压舱之石，生命之舟方能在人生航道御风破浪，行稳致远。

有些地方，是别的东西无法抵达的，比如灵魂，比如情感。我是说，除了艺术。

激情与才华，是所有艺术家共有的要素。当然，最好注入思想。毕竟，思想是艺术品的灵魂。

赤橙黄绿青蓝紫。那么快乐，就是第八种颜色。

文明形而下，文化形而上。形而下者谓之器，形而上者谓之道。器者“文明”如日月，昭然彰显；道者“文化”如春风，感而无影。

人生“三热爱”：热爱生命，热爱生活，热爱你的热爱。

所有的味道都是时间的陈酿。阳光的气息，月色的吐纳，都在时间的磨坊里，疏影横斜，暗香浮动。

只有在土壤的黑暗中把根子扎得很深很深的树，才有力量和资格将手臂伸向阳光与白云。

人活着，文化就活着；文化活着，历史就活着；历史与文化，是现实与未来生命的脐带。

历史是过去的现实，现实是正在进行的历史。现实活着，历史就活着。现实活在历史的旋律中，历史活在现实的歌唱里。

甚至你要承认：阴影的深度，决定光明的强度。“没有可怕的深度，就没有美丽的水面”，尼采的话说得多么诗意荡漾！

人生要面朝太阳开一扇门，即使一株微纤的草，也要生长在光明之中；人生要面向蓝天启一扇窗，即使狭窄的角落，也要吹进生气郁勃的风。

把一段历史的来龙去脉讲清楚，那是学识；对历史的意义做出独到的解读，那是见识。学识是复现，见识是创造。

春天是短暂的，季节是轮回的；花朵是凋谢的，风雨是长久的；时光是易逝的，岁月是不朽的；生命是匆匆的，太阳是永恒的。

火焰爆燃之时，喷水也若浇油。

记住两点：早一点，就不会太紧张；少一点，就会很舒服。

阅读，让心灵的节奏更接近心灵。

有阴影的地方必有光，一阴一阳为之道。同样被阴影围困，有人以为世界坠入了黑暗，便放逐了希望；有人却满怀信心作想，阴影已经迫近，光亮还会远吗？加拿大诗人莱昂纳德·科恩用音乐弹唱：“万物皆有裂缝，那是光照进来的地方。”清代张问陶扬眉赋诗：“人从虎豹丛中健，天在峰峦缺处明。”

人有两个家园，一个精神家园，一个生活家园；两个故乡，一个籍贯的故乡，一个文化的故乡。

大自然不仅生长有形的山脉、河流以及花草树木，也生长无形无影的物质。不，我不是指看不见的风还有时间，我是说我们的思想与梦幻。我们所有的人生道理与想象，都来自大自然的暗示与启迪。

在没有月亮的夜晚，一盏灯就是最明亮的心情。啊，你的眼睛是多么深刻，深刻得……瞧，夜色都被染黑了。

流水是时间的象形，时间是流水的隐身。流水孕育无数生命，时间创造无尽历史，流水洗刷多少污秽。时间沉淀多少繁华，无物超于时间存在，无人远离流水呼吸。唯有风和真理的思想，在时间与流水之外，歌唱着自由生命之曲。

世界是关系的世界，关系的社会解读是责任。比如地球滋养着人类，我们就应当对大自然负责。易卜生说：“每个人对于他所属的社会都负有责任，那个社会的弊病他也有一份。”而负责的答案最终揭晓，乃是人类对人类自己的负责。任何索取都是以付出为条件的，这是关系世界的本义。而从哪里来总要回到哪里，这便是“关系”的定律，就像地上的水蒸气升空变成云，云又分娩出雨，雨又落回到地面。

德国古典哲学家黑格尔有一句名言，“存在即合理”。任何存在都是一定系统环境中的存在，是千丝万缕、错综纷繁关系的存在；任何存在都是多维性立体化的存在；任何存在都是从昨天走来、经过今天而走向明天的存在；任何存在的拥有同时都是存在的被拥有。任何存在都是彼此存在着的存在，比如他人或是一朵花的存在构成和连着你的存在；存在的关键在于怎样存在你的存在；存在一俟存在就会无限地存在下去，只是借助演进而不断改变存在形式而已。

赏析

这一篇随笔，是一条思想的河流，是长者深切的凝望与叮嘱。

拥有人生话语权的，是你自己。人们说越年轻越复杂，人在到达一定高度之后，心会变得轻灵；也就是人在上了年纪之后，反而会变得越简单，这也就是一个循环。人生中的插页有很多，但是在你的人生轨迹中能泛起涟漪并带给你思考或留下很深的感悟的插页，会相对少一些。经历得越多，你的人生阅历也就会越丰富，你的生活也就越五光十色。生活原本是没有颜色的，由你自己来染上你所希望的颜料，使它变成你所想要的颜色。

尼采说过，与恶龙缠斗过久，自身亦成为恶龙；凝视深渊过久，深渊将回以凝视。阴影的深度，恰恰也就代表了光明的深度，有阴影的地方必定有光。世界是平衡的，一阴一阳方为道，事物分阴阳，当然，人也分。任何事物的存在都有其存在的价值，我们不能一味地去否定。重复的人生是无趣的，所以有趣的人生，你也不要去加以揣测。每个人的闪光点是他本身，我们人类是渺小的一员，宇宙中有无数生物，我们只是其中一蜉蝣罢了。

世界上与生俱来的东西很少，都需要自身的努力才可以得到，凤凰涅槃才能重生，你不付出怎么会得到回报。

文章写出了对人生的思考，观点鲜明犀利，层层推进，使读者完全沉浸在思考之中。

（山西省大同市第一中学　景雨）

泰山季羡林

“巍巍岱宗，众山之巅。雄踞神州，上接九天。吞吐日月，呼吸云烟。阴阳变幻，气象万千……”好一派泰山雄姿，岱宗风光！诗思澎湃，华彩飞扬，令人欣然激赏。如此诗篇，倘若出自青春少年之笔，倒也罢了，孰料发于近乎百岁老人之胸襟，岂不叫人惊疑叹绝，肃然立敬！飞流悬瀑，霞彩虹霓；烈士壮心，英气勃发。正是一等胸襟、一等境格，方才成就得一等诗品。第 19 届诗人大会将“世界桂冠诗人”之殊荣，与鲜花掌声一起，敬献给这位中国诗人——季羡林，感动的不仅是读者，还有那座巍峨泰山。

泰斗的著作

季羡林先生首先并非诗人，其第一成就在学术领域，而非文学。他乃杰出的古文字学家、历史学家，其次方为大家喜爱的作家、诗人。他对印度古代语言、印度古典文学、印度佛教史以及中印文化关系等方面的研究，精深之至，空谷足音，铸成一座叫人仰止的高山。

《季羡林文集》正在不断整理出版中，仅就已经汇编成的文集而言，印度古代语言、中印文化关系、印度历史与文化、中国文化和东方文化、佛教、比较文学与民间文学、糖史、吐火罗文以及梵文与其他语种文学作品的翻译，实乃其中的重头戏。《中印文化关系史论丛》《罗摩衍那安探》《〈大唐西域记〉今译》等论著及《沙恭达罗》《五卷书》《罗摩衍那》等译著，虽因专深尖端而曲高音稀，但其积蕴和放射的学术价值之光，穿越春雾夏雨秋气冬雪，温暖地映照着人类的天空和历史的容颜。

如此一位学术大师，偏又写出一篇篇精美绝伦的散文诗歌，横峰竖岭，蔚然深秀，怎能不叫人叹赞一声：了得！

山西旅游学会会长、作家杨建峰先生，系我兄长，走到哪里，都带一册季老的散文集《留德十年》。杨建峰先生感慨："这本书，他读了多少回都读不够；什么时候读，什么时候好；哪里读，哪里好。"

我一位朋友叫丁仕美，是煤矿书法家，他对季老的书近乎一种痴爱，大凡遇到季老的作品，总会眼睛一亮地买回家。若遇情绪低落或心情郁闷，他便拿出季老的《留德十年》拜读，从崇高昂扬的语言文字中，汲取人生乐观进取之力量。

台湾知本家文化出版公司社长刘灿荣先生，也乃我一位兄长，一次他与我言，台湾许多读者四处找寻季羡林先生之著述，希望他的公司能予出版……

季羡林，与其说是一个人的名字，毋宁说是一种智慧、才学和品行的象征与标识，是近百年来中国知识分子人生曲径与心路历程的记录、折光和注脚。

季羡林带给我们的感动不是某一个年度，而是许多个年度。由此评说，中央电视台"2006年感动中国人物"之荣誉敬授季老，虽初衷和愿望美好，但却未必与实情相宜对称，抑或是受誉者的一份难以承受之轻。一海碧波，焉能湖泊盛之？

振聋发聩之论

20世纪90年代之初，针对西方极端"科学主义"带来的一系列诸如环境污染、自我膨胀之后遗症与副作用，季老从《“天人合一”新解》落笔，以人与自然间的“文本关系”切入，高扬一个中国知识分子特有的良知、责任和理论勇气，对《东方文化和西方文化》《中国文化发展战略问题》做了宏博深阔的思考与阐论，铿锵有力地回应和反拨了长期以来统治世界的“欧洲中心主义”，以及美国学者亨廷顿等人的“文明的冲突”之论调。

季老从椅子上昂然站起身来，一脸严肃地指出，科学决非万能之计。他提请我们务必择两句话记之，一句系歌德所言“大自然从未犯错误，犯错误的是人”，一句乃恩格斯所讲“我们不要过分陶醉于我们对自然界的胜利，每一次胜利，自然界对我们都进行报复”。我的耳畔不禁响起了来自全球的 1575 名科学家于 1992 年共同发表的《世界科学家对人类的警告》：人类和自然正走上一条相互抵触的道路。

季老认为，西方文化之思维模式乃为分析，而东方文化之思维模式则属综合。前者以人天对立、与天为敌为思想指导，以征服自然、暴戾索取为快为荣，后者则以“天地与我同根，万物与我一体”为宇宙观；前者一分为二，只见树木，不见森林，后者合二而一，注重普遍联系与整体概念，既见树木，又见森林。结论为东西方文化的融合，实属历史之必然，只有不同文化的融合才能产生更高一层的文化。而结论之耀眼光芒在于——融合，须以东方文化为主导。

季老响亮的声音、新锐的观点和充满力量的论辩，激浊扬清，驱云拨雾，在学术界、理论界乃至读者中掀起的积极而强烈的反响，用感动一词已远远无法概括。其深度影响，必将以投石激浪之势波及未来。

事实上，今天西方许多思想家甚至一些经济学家，被中国文化散发出的强大魅力吸引迷恋。英国著名经济学家、剑桥学派创始人马歇尔便把“万物归于一，一寓于万物”以座右铭视之。法国著名数理经济学家瓦尔拉斯因创立均衡理论，被誉为洛桑学派的奠基人；诺贝尔经济学奖得主美国普林斯顿大学约翰·纳什构建的“纳什均衡”理论，甚至“动摇了西方经济学的基石”。这些经济学理论发散的强烈的“均衡”意识，实乃社会思潮或潜流的某种折射、反映与前瞻。

均衡或平衡，实为宇宙万物间默契与互动的原形态法则。人类社会的可持续发展，市场的资源配置，都追求一种动态的平衡。平衡或均衡，在一定的理论刻度上契合着中国古代的中庸之道。而中庸的终极效果在于和谐，“喜怒哀乐之未发，谓之中；发而皆中节，谓之和；中也者，天下之大本也；和也者，天下之达道也。致中和，天地位焉，万物育焉”。和谐，首先须与大自然融洽相处，正是所谓的“天人合一”。

天人合一还是人天对立，这是人类面对生死存亡而迎接的第一考验，是必须严肃做出回答和解决的首要课题。敌视自然，无异于敌视人类自身，因为人类属于自然的一部分。

更为可贵的还有，关于“和谐”与“天人合一”，季老的思考，不断切开以往的理论研究成果的结构层面，向更深处掘进。2006 年 8 月，他在同国务院总理温家宝探讨“和谐”时说：“有个问题我考虑很久，我们讲和谐，不仅要人与人和谐，人与自然和谐，还要人内心和谐。”

大师与后学

年近百岁的季老，虽身住医院，却把病魔推在一边，继续快乐地读书阅章，笔耕不辍，俨然一只沉醉的春蚕、一支热烈的红烛。我由此想到孔子说过的一句话：“生无所息。”

“生无所息”乃孔子教育学生子贡所言。天行健，君子以自强不息；地势坤，君子以厚德载物。这是中国知识分子孜孜不倦追求真理的精神基因和一脉热血。

我对季羡林这位老人充满景仰之情，不仅源于他和他作品的感染，而且包含着他对我长篇学术散文《雕刻在石头上的王朝》的偏爱与褒奖。

该文以云冈石窟为题材，自然涉及了佛教。一位朋友读了之后就说，季羡林先生还是一位佛学大师呢，何不送老先生讨一赐教？

朋友的话令我“顿悟”，我遂想，这本书若能走进季老的阅读视野，即便获得季老的批评，也不啻是一种幸运。于是我便拿一本书出来，恭恭然在扉页上写下“请季老赐教”一行字，交给这位朋友。

书转到季老手里，据说因为眼睛看得费力，季老只好让秘书一段一段地读与他听。“听”了这本书，一天，季老兴浓，就写了两句话：“北魏画卷，云冈诗章。”

看到季老的题词，特别是“季羡林”三个字和“时年九十有五”的落款，我心里顿时燃起火焰般炽烈的激动与崇敬。我以为，这不仅是季老对拙作的评点，更是他对云冈石窟和开凿云冈石窟的那个北魏王朝历史功绩的礼赞。因为云冈石窟，既是印度佛教在中国传播的一座纪念碑，也是再现佛教中国本土化之一轴艺术长卷。

赏析

文章开头引用季羡林先生的《泰山颂》，概言泰山的高伟神奇，展示了泰山凌空接天的崇高，季老对泰山的由衷赞美全在诗中。作者借此领起全篇，以简洁凝练的语言加以阐述，使读者心驰神往，不由自主地随着作者的指引走近那个令人敬仰的“泰山季羡林”。

第一部分，作者一一列举季羡林先生在学术上的关于印度古代语言、印度古典文学、印度佛教史以及中印文化关系等一系列堪称泰斗的著作，如《中印文化关系史论丛》《罗摩衍那安探》《沙恭达罗》等，虽专深尖端，曲高音稀，但其积蕴和放射着无穷的学术价值之光，增强了文章的说服力和可读性，充分表现了作者对季老无限的敬仰和崇敬之情。同时讲述朋友们对季老先生散文集《留德十年》的痴爱，进一步让读者领会到了季老在才学和品行上堪比泰山的超然境界，增强文章的感染力。

第二部分，作者将高度升华，讲述了季羡林先生在面对“欧洲中心主义”和“文明突变”等论调时，以科学的、富有哲理的学识，强有力地指出中西方对待人与自然关系中思维的不同之处，得出中西方文化的关系应融合，但须以东方文化为主导的结论。这体现了季老作为中国知识分子特有的良知、责任与勇气，使季老的形象深入人心。通过例举马歇尔、瓦尔拉斯、约翰·纳什这些西方思想家迷恋中国文化和对“均衡”理论的发扬，进一步印证“天人合一”的智慧，这也正如季老所说：“泰山充分表现了天人合一的精神，人们一登上泰山，就会感觉到天人浑然一体，人天相爱。”文章的主题得以升华，季老泰山级的人物形象更加鲜活，作者对先生的崇敬之情跃然纸上。

第三部分，作者从全知视角转到有限视角，以“我”的亲历叙述季羡林先生在病床上费力“听”“我”的散文《雕刻在石头上的王朝》，并且题词“北魏画卷，云冈诗章”以及“季羡林”三个字和“时年九十有五”的落款，先生的偏爱和赞美使“我”心里充满了激动与崇敬，对“我”来说意义非凡。读者从中体会到了一个中国知识分子孜孜不倦、追求真理的精神，照应前文。这也正是本文的写作缘由。

（山西省大同市云州区第一中学　赵丹）

赵丹，女，1989年生，山西左权人。任教于山西省大同市云州区第一中学。系中国高等教育学会教师教育分会“十三五”科研课题“中华优秀传统文化与现代课堂教学实践研究”课题组成员。

青春王勃

浩茫的大唐诗歌银河系，有一颗青春之星，炯然高华，莹美奇绝。那就是初唐四杰之冠的你——王勃。

唐玄宗天宝十四年（755 年），春云翻墨，石破天惊，“一骑红尘妃子笑，无人知是荔枝来”，转瞬演唱为一支“六军不发无奈何，宛转蛾眉马前死”的“长恨歌”。一道“安史之乱”的刀痕，痛彻为大唐由盛而衰的历史节点。无诗不成唐，有唐诗乃兴。与大唐社会历史相协奏，唐诗律曲可切分为四个乐章：初唐、盛唐、中唐、晚唐。“四唐”诗歌分期，初声发自南宋严羽《沧浪诗话》，继由元代杨士弘《唐音》定调，终经明代高棅《唐诗品汇》谱就：初唐（618—712 年，约为唐代开国至玄宗先天元年）；盛唐（713—755 年，玄宗开元元年至天宝十四年）；中唐（756—824 年，唐肃宗至德元年至唐穆宗长庆四年）；晚唐（825—907 年，唐敬宗宝历元年至唐昭宣帝天祐四年）。

九曲必发于泉源，百层常起于厦基。盛唐诗歌从初唐走来，春华秋实，风成化雨。“初唐四杰”是中国文学史上一个光艳之谓。卡夫卡有论，祈祷、艺术、科学研究，是从一个不同火源升起的三朵不同火焰。我要说的是，王勃、杨炯、卢照邻、骆宾王，乃同一时代升起的四颗璀璨之星，各具光彩，交相辉映，亲密为一个意气风发的“诗星组合”：心中一样充溢着博取功名的幻想与激情，磅礴着不甘居人之下的雄杰之气；变革文风的意识清醒而自觉，审美追求鲜明而泼辣——革除齐梁浮艳余气，力创大唐刚健诗风。《新唐书》记载：“勃与杨炯、卢照邻、骆宾王皆以文章齐名，天下称初唐四杰。”“四杰”的文学创作，集束燃放于唐高宗、武后时期文坛，声律风骨兼备的唐诗，从“四杰”奠筑的烟霞高地整装出发，雄姿勃勃地走向完美定型。盛唐诗人杜甫，站在“万里桥西宅，百花潭北庄”的草堂门前，面对“窗含西岭千秋雪，门泊东吴万里船”的壮景盛象，苍郁顿挫地吟哦：“王杨卢骆当时体，轻薄为文哂未休。尔曹身与名俱灭，不废江河万古流。”

文章经纬天地，器局蓄泄江河。六朝锦色遇上“四杰”刚阳，遂化蛹为蝶，生成大唐风骨。王勃，“四杰”之魂的你，登临初唐风云之巅发时代强音，划破六朝以来萎靡的诗歌夜空：“得宫商之正律，受山川之杰气”；“开辟翰苑，扫荡文场。”杨炯《王勃集序》宣表：“尝以龙朔初载，文场变体，争构纤微，竞为雕刻。糅之金玉龙凤，乱之朱紫青黄……骨气都尽，刚健不闻。思革其弊，用光志业。”

“皎皎白驹，在彼空谷。”万事贵在初，四季春为先。王勃，你炫列初唐四杰之首，无愧浩浩唐代诗星之冠，俨然一颗朗耀大唐诗歌夜空的启明星。曾为初唐崇文馆学士、唐中宗侍读的崔融，与李峤、苏味道、杜甫祖父杜审言合称“文章四友”。武则天幸嵩岳封禅归来，读崔融所撰《启母庙碑》，深为叹美，乃命其撰《朝觐碑》文。崔融受命，找来王勃文赋参阅，及至合上王勃文章，抹一把额头茸茸的汗，喟然感言：“读王勃文章宏逸，有绝尘之迹，固非常流所及……”

书中运思观天下，窗前放眼读江山。你文势盛大，吞吐万象，如你所言：“雄笔清词，得高阳之意气。”你不仅是大唐新诗风气的开创先驱，亦为大儒“文中子”王通思想的衣钵传人。南朝梁陈以来日渐式微的中国诗歌，幸遇你及其他“三杰”拯救，遂弃离绮靡雕琢、柔媚无骨之歧路，重归儒家言志咏情、经世致用之正道。王勃，与其说是一个人的名字，毋宁说是一则中国诗歌史上的悲烈传奇，一个时代的骄美符号。你以大唐文学艺术特别是诗歌艺术由衰转盛、健步走向繁荣辉煌的里程碑标志，载入不朽史册。

思想让我们感悟生命承受之重，领略生活壮阔波澜之洗礼。思想让我们从自发升华到自觉，并把我们引向智慧的园地。清晨的风吹散葡萄般密集的繁星，却吹不落人类精神的智慧果。亚里士多德说，智慧，不会随柏拉图一同逝去。比河流走得更远的是风，比风走得更远的是人类语言，以及语言载动的人类思想。自古时势造英雄，从来英雄造时势。英雄有一时之杰，更有不朽之王。前者是片段插曲，如秦始皇、项羽、拿破仑；后者则是经典乐魂，如孔子、释迦牟尼、苏格拉底。前者像碑石，以惊世功业雕塑自己的存在，后者以风一样的思想，不朽地吹动世界的生长与鲜活。苏格拉底温暖和煦地存在于人类的生活之中，就是因为他催生着人类思想，启迪人类去迎接经过“思考的生活”。“我的母亲是个助产婆，我要追随她的脚步。我是个精神上的助产士，帮助别人产生他们自己的思想。”苏格拉底如是说。

以耿介顶天，以真善立地，以才思傲世。诗人王勃，——应当说，不止于诗人、文学家王勃，乃至医学家、易学家、儒道释家王勃，因而更是思想家王勃。王勃，“耿介之士”的你以“身可辱，而志不可夺”“穷且益坚，不坠青云之志”的精神，谱就了一篇壮丽昭世的人生华章。长安月下，“仰天汉而郁拂”，“未尝下情于公侯，屈色于流俗”；蜀川花前，“临江山而慷慨”，“丈夫不纵志于生平，何屈节于名利？”十九岁因“斗鸡”檄文被唐高宗逐出王府，“钱袋和心灵都破了产”；二十四岁因一桩官奴命案被定以死罪，幸遇皇帝改元而获释。你说：“人非桃李，岂得无言？”两次致命击打，生活郁结过黑色的悲怨，眼泪滴穿过暗夜之帷幔；也曾坠入寒雾弥漫的惑然，也曾生发暮烟朦胧的焦虑，看山不再是山，看水不再是水，却终未沦陷贾谊屈谪长沙“抑郁而终”那样“伤悼”的泥淖。“真正的光明，绝不是永没有黑暗的时间，只是永不被黑暗所掩蔽罢了；真正的英雄绝不是没有卑下的情操，只是永不被卑下的情操所屈服罢了……不必害怕沉沦堕落，只消你能不断的自拔与更新。”(《〈约翰·克利斯朵夫〉献词》）王勃，你删除申辩语词，避离颓唐沼泽，愈挫愈奋，升华到“看山依然是山，看水依然是水”的境界，撰就千百篇华彩夺目的诗赋碑文，装点史册；留一笔丰厚的文学、文化、精神遗产，光前裕后。你就是一章奇绝的诗赋，就是一宇“层峦耸翠，上出重霄；飞阁流丹，下临无地”的“滕王阁”，就是一庙“穷广汉之名山，得长平之绝岫”的“慧义寺”。

在没有月亮的夜晚，
一盏灯就是最明亮的心情。
啊，你的眼睛是多么得深刻，
深刻得……瞧，夜色都被染黑了。

菩提人间树，明镜世俗台。凡心开莲花，迎风化尘埃。惜时而发愤，立业以建功，古今中外，志士达人，一脉情感共振。你以精卫填海般的执着，警惕“无为坐惆怅，虚此江上华”的青春变奏，奋臂夸父追日般的奔跑，追逐“乘月披金帔，连星解琼佩”的人生景致。千年以后，一个叫尼采的德国哲学家呼应道：“每个不曾飞舞的日子，都是对生命的辜负。”你“凛然以金石自匹，犹不能忘情于春”。春，你青春的象征，人生美好时光的承载。路长知家好，客久觉衣单。“羁”与“寒”，是你蜀游文字画景的一抹冷色。“羁游”“羁心”“羁旅”“羁春”“旅思”“游情”……巴山蜀水，美女如云，你却“上巳年光促”，“日暮情何已；“抚穷贱而惜光阴，怀功名而悲岁月”；“对他乡之风景，忆故里之琴歌”。恐“年华将晚，志事寥落”；“惜时岁兮易暮，伤君王兮未知”，“岂徒幽宫狭路，陌上桑间而已哉”？这就是王勃精神。任凭“夜窗寒”“野径寒”“寒云凄怆”“连山寒色”“江山此夜寒”……你却“怀既往而不咎，指将来而骏奔”，高擎信念的火把，为自己取暖照亮。你说，“土兼五色，金逾百炼”，“征夫击节，方思孤竹之风，壮士寒心，实有《长杨》之作”，“羽翼未备，独居草泽之间；翅翮若齐，即在云霄之上”，这就是王勃精神。王勃精神世界多层多元、多姿多彩，甚至比其行为层面更为丰赡繁丽，有着深广邃远的可研究空间与意义。

落霞孤鹜滕王阁，秋水长天王子安。伟大的作品活在时光之中，活着的作品赋予作者以生命永恒。一叶不能够障目春天，一花不足以说明秋色。一朵云哭泣，并非所有天空都在潦草流浪；有人昏睡，并非整个世界都沉醉不醒。文中子云：“元命可作，多福可求矣。”生命是一杯水，兑成什么样的色彩，颜料或许就在我们自己手中。以丘陵为周长，圈起来是烟水山寨；以高原为半径，划出来是云天万里。历史是过去的现实，现实是正在进行的历史。现实活着，历史就活着。现实活在历史的旋律中，历史活在现实的歌唱里。生命，或许属于今天和过去，而精神却可以瑰丽于明天以至无限。“君子虽殒，美名不灭。”王勃已经飘然远逝，但他的精神鲜活地留在人们栖居的诗意生活里。

初唐乃至整个唐代的诗歌，好似王勃的注释。不妨沿着杨炯《王勃集序》文字甬道，去领略和体验王勃惊艳唐初社会的宏貌盛况：“每有一文，海内惊瞻……后进之士，翕然景慕。久倦樊笼，咸思自释。近则面受而心服，远则言发而响应。教之者逾于激电，传之者速于置邮。得其片言，而忽焉高视；假其一气，则邈矣孤骞。窃形骸者，既昭发于枢机；吸精微者，亦潜附于声律。虽雅才之变例，诚庄思之雄宗也……乾坤日月张其文，山河鬼神走其思。”你的笔，俨然牵动着时代的神经，一文既成，风动天下，人们奔走相告，纷纷传诵。其传播迅疾如雷鸣闪电，影响速度若飞马邮递。这一蓬勃火热的反应，让人想到艾略特《J. 阿尔弗雷德·普鲁弗洛克的情歌》里的诗句：“房间里，女人们走来走去，谈论着米开朗基罗……”米开朗基罗作品，引爆了受众的热情，令她们无法采取坐着或是站着的姿势，唯有不停地“走来走去”，方可让内心平静一些。

自谦“幼乏逸才”，傲称“少有奇志”。王勃，走进历史眼睛，依稀一剪你的侧影：

王勃围棋，率下四子成一首诗，勃尤诧之，向人曰：吾才夺造化，虽一时之间，百用亦可（《棋天洞览》）。

“六岁解属文，构思无滞，词情英迈。”“属文，初不精思，先磨墨数升，则酣饮，引被覆面卧，及寤，援笔成篇，不易一字，时人谓勃为‘腹稿’。尤喜著书。”（《旧唐书》）

九岁读颜氏《汉书》，撰《指瑕》十卷。十岁包综六经，成乎期月，悬然天得，自符音训。时师百年之学，旬日兼之，昔人千载之机，立谈可见。（杨炯《王勃集序》）

又去“落霞与孤鹜齐飞，秋水共长天一色。”公矍然而起曰：“此真天才，当垂不朽矣！”（王定保《唐摭言》）。

沈宋裁辞矜变律，王杨落笔得良朋。当时自谓宗师妙，今日惟观对属能。（李商隐《漫成五章》）

勃欣然对客操觚，顷刻而就，文不加点，满座大惊。（辛文房《唐才子传》）

……

王勃的五律“兴象婉然，气骨苍然，实首启盛（唐）、中（唐）妙境。五言绝亦舒写悲凉，洗削流调。究其才力，自是唐人开山祖”（胡应麟《诗薮》)。

郑振铎诗情澎湃而歌:“正如太阳神万千缕的光芒还未走在东方之前,东方是先已布满了黎明女神的玫瑰色的曙光了。”这“玫瑰色的曙光”,即指冠首四杰的王勃。

王勃自我画像:“一代丈夫,四海男子”;“将忠信以待宾朋,用烟霞以付朝夕。自非琴书好事,文笔深知,口若雌黄,人同水镜”;“秉宇宙独用之心,受天地不平之气”;“人间独傲,海内少徒。志不屈于王侯,身不绝于尘俗。孤吟五岳,长啸三山”;“仗信义以为楫,浮忠贞以为航”;不“其身可辱,而志不可夺”;“穷且益坚,不坠青云之志”。

一首《送杜少府之任蜀州》吟豪情与高志交响之诵;

一曲《滕王阁序》咏千年落霞秋水孤鹜长天之叹;

一篇《上百里昌言疏》倾满心刻骨泣血之孝;

一部《唐家千岁历》立大唐“五行”国运之论……

一颗诗歌启明星划破万里长空,引得群星灿耀,光焰不灭。

赏析

以青春定义王勃,实在最恰切不过。

他身处大唐王朝的青春期,以青春的勃发渲染唐诗文坛的青春,一生挥洒青春,一生只有青春。这,便是青春王勃。

整篇文章充满了青春活力,语言、气势、情感,催人感奋,引人深思。

文章先交代王勃所处的历史时代——初唐,诗歌和王朝都开始兴盛;再引出王勃的同时代人——“诗星组合”初唐四杰,他们意气相投,互相感发。在这样的背景下,熠熠之星王勃华丽登场。

本文最大的特点是,集晓畅的叙事、澎湃的抒情、慷慨的议论于一体，随情随事，自如切换。简要的叙述紧接着就是一大段蓬勃而出的抒情，以第二人称“你”直接呼告，淋漓惊问，令人读之，击节怅然，抚胸而叹。如一二三段以叙事交代为主，第四段就是不加掩饰的直抒胸臆：“王勃，‘四杰’之魂的你，登临初唐风云之巅发时代强音，划破六朝以来萎靡的诗歌夜空。”作者在叙述中也注意时时穿插自己的观点议论，如讲述“四杰”的内容时，作者忍不住表达自己的看法：“我要说的是，王勃、杨炯、卢照邻、骆宾王，乃同一时代升起的四颗璀璨之星，各具光彩，交相辉映……”

广博的征引构成本文深厚的文化底蕴，文中既有王勃的诗文出处，又有不同时代名家名人酬和的诗文评论，更有中外思想不期而遇碰撞的声音。大量的引用，也是作者观点的有力佐证，真实可信，极具说服力。王勃难掩的才华，王勃多舛的命途，王勃的高见高格，如月之明，如星之朗，都有文字可证。

（山西省大同市云州区示范中学　宋艳芳）

宋艳芳，女，1978年生，山西大同人，大同市作协会员。现任中学教师。闲暇之余，沉浸文字之中，喜欢深入灵魂的文字，书写美妙的人生旋律，歌颂真善美，共享文字饕餮盛宴。

写在人生的插页

第二辑

云深不知处

我们一生都在寻找自己，
寻找自己灵魂深处一种无比崇高的东西。
就像河流寻找大海，
就像鸟雀寻找天空。
世界上纠结着许多条道路，
总有一条通往我们的内心。

读书拾穗

寻找

“水清月自现”，“海上生明月”。掬水十指月，担泉一桶明。千里云天千里白，一江水月一江明。

原来，月亮就在水里，天空的月亮是水中月亮照上去的。其实，月亮就住在我们身上，就住在我们心里。因为我们的身心，都是透明的水做的。

可为什么看不到心中的月亮呢？那是因为我们的心不平静，不清澈。欲望的波浪起伏，烦恼的涟漪荡漾。如果你能安静下来，月亮就会在你心的海平线轻轻升起，照亮你的肉体和灵魂，以及你的夜和你的梦。

我们一生都在寻找自己，寻找自己灵魂深处一种无比崇高的东西。就像河流寻找大海，就像鸟雀寻找天空。世界上纠结着许多条道路，总有一条通往我们的内心。悲苦的是，我们自身许多弱点为之设置了重重迷障，决定了我们一生都在与自己搏斗。

一位大姐，卖了三十年的“卤水豆腐”，由一个小媳妇变成了老婆婆，只是那豆腐却从未倒样，一桶豆腐白，满街卤水香。依然上午出一锅，切成三十块，乘着热气腾腾，卤香四溢，装进一只铁桶，用一辆小推车推到街角；下午再出一锅，还是切成三十块，卖完，一天生意便是圆满。于是，就像从过去到现在，大家都一样不变地叫她“豆腐大姐”。

卖久了，满眼都是熟人。就有人说换衣服换得没带钱，下次补上。不打紧，谁还没个忘性。或者永远地就忘了，那就永远地忘了吧，豆腐照样地捞上。她说，钱，够过日子就好，多一点儿，手头宽裕些；少一点儿，紧促一下也就过去了。云彩散开，太阳还不是依旧那样暖和照人。她从不去想别人是否故意不给钱。她说，穷富谁也不会差在那几块钱上。她说，伤点儿皮肉不碍事，可千万别伤着了心。钱是身外之物，烦恼离心越远越好。

心灵的颜色，就是生活的底色。心地善良的人，看见什么都是善的、美的。“豆腐大姐”的话比春雨更具渗透力，多少名人名言都无法替换它在我心中的质朴和鲜亮。我不能否认我的善良，就像无法否认我的存在，只是我在生活中如若吃了亏，心里就会愤愤不平、怨气萌生。谁知那不平的火焰点燃之时，我的心身便已无形地被灼伤了。

喜怒哀乐，乃人之常情。喜，自然开心；怒，不必伤情。此话说来容易，做到极难。“任何事物都可以在镜子里照下自己的影像，但镜子却不会留下任何事物一抹痕迹。”豆腐大姐，那是一种佛的境界，唯心平常，佛性自现。

月亮。哦，月亮升起来了……

还有多少朝霞尚未点亮天空

“还有无数朝霞尚未点亮我们的天空”，是印度一句古诗，准确地说源自经典之著《梨俱吠陀》，尼采将其引至自己哲学论集《朝霞》的扉页。我很热爱此诗句，曾恭引于《雕刻在石头上的王朝》一书中。

——题注

青春朝飞满天彩，莫对夕阳颂晚霞。

自古英雄出少年。好汉不提当年勇。大器晚成，是一种无奈的安慰，多少有点阿Q精神，抑或一种自我解嘲与调侃。落日孤烟，美人迟暮，乃人生一大悲剧。“莫等闲，白了少年头，空悲切！”屠呦呦的一生，印证了那句话：“人生最坏的结局，不过是大器晚成。”

伏枥老骥，寂寞一片千里之志；暮年烈士，空怀一颗激烈壮心。正是：望洋兴叹江月白，对镜悲歌易水寒。

似水流年，生命倏忽。古人惜时如金，慨叹“寸金难买寸光阴”，遂朝乾夕惕，不舍晨昏；或荷锄带月，追云逐日；或挑灯看剑，闻鸡起舞。甚至秉烛夜游，“只恐夜深花睡去”。这时，我想到了初唐四杰之首的王勃。王勃十几岁便写出了传世名篇《送杜少府之任蜀州》；二十几岁留下了震古烁今的《滕王阁序》。“海内存知己，天涯若比邻”“落霞与孤鹜齐飞，秋水共长天一色”“老当益壮，宁移白云之心；穷且益坚，不坠青云之志”等珠玉妙语，绝唱千秋，光耀万代。

还说大唐。武则天吟着“花须连夜发，莫待晓风吹”的诗句，沐刀光，浴剑影，垂暮之年登基称帝，切身感受到大器晚成之痛。假如早为女皇三十年，或许还你一座锦绣无比大唐江山！……欲说还休，欲说还休，遂以一通无字碑，飞白人生。

成功的密码

成功被杰出人士轻描淡写为小概率事件，而将如此这般的小概率事件仰视为惊天奇迹，且越活越陷入局限的囿境，演绎成多数人的宿命。破译这一人性的枷锁，毛姆选择了从青春着手：青春是面对现实去想象的能力，而不是按照别人的想象来欺骗自己。唯有保持青春活力，成功便是题中应有之意。美国的摩西奶奶可谓“大器晚成”，七十七岁开始绘画，八十岁成功举办个人画展。她将人生体验随笔写在了《人生永远没有太晚的开始》中：“我一百岁了，但是我感觉我还是个新娘。”一位被人生选择困扰的日本青年写信给百岁的摩西奶奶，是该继续做外科医生呢，还是辞职去做自己喜爱的写作事业？摩西在一张明信片上面画了一座谷仓，旁边附有一段话作为回复：“做你喜欢的事，上帝会高兴地帮你打开成功之门，哪怕你现在已经八十岁了。”受此鼓励,那个青年勇敢地辞去工作,果然获得写作上的成功，一部《失乐园》名满天下，这个青年就是渡边淳一。将眼前的视像放大为全部世界，这是一片极易踏入的沼泽。如果你想实现梦想，没有人能够阻止，除了你自己。大胆去想，而后大胆去做，咬定青山不放松，百折不挠，这就是成功者的奥秘。

不记得从哪里来，只记得此刻我在这里。不记得生命年龄，只记得我很年轻。不记得要去哪里，只记得冬的后面是阳春。

心力

事物不是被眼睛看到的，而是被心灵发现的，眼睛是为心灵安装的窗户。心若游离，心猿意马，或专注一件事情，便会如《礼记·大学》所言：“心不在焉，视而不见，听而不闻，食而不知其味。”

“尘世万物皆源于心。”“宇宙即是吾心，吾心即是宇宙。”“心外无物，心外无理。”物不会离心而存在，心也不可离物而独立。若是不被看见，事物与你无关，天各一方。一俟看见，事物便不再是原初面貌，而即刻成为你的心化之物。比如太阳，不仅其金灿灿的称谓为人所约定俗成，就连红色、光芒、温暖等美好的形容都是人为色彩的涂抹。远离你的视线，便无所谓什么太阳月亮，更遑论其性能色相。

风吹幡动，二僧争辩。一僧曰："此为幡动。"一僧道："非幡动，乃风动也。"惠能经过，云："既非幡动，亦非风动，乃仁者心动。"

王阳明游南镇，有朋友指着岩中花树问曰："天下无心外之物，如此花树，在深山中自开自落，于我心亦何相关？"王阳明笑曰："你未看此花时，此花与汝心同归于寂，你来看此花时，则此花颜色一时明白起来，便知此花不在你心外。"

王阳明"心学"之光，显然在爱默生《紫杜鹃》诗的湖面落照一抹亮影：何必问缘起，吾来看汝，汝自开落，缘起同一。

宇宙自然属于纯客观、原生态，天地玄黄，宇宙洪荒。任何一种事物，一旦摄入人类视野，就会剥离自然，化入人类世界，鲜明地打上人性的烙印，诸如人类的历史性、文化性、思想性，情感性。

事物被看见，是在"心物同体"层面平行而论，从人类视角出发，呈现"被动态"。而人类是有思想、有目标的动物，他要寻找和建造自己的生活，就会主动积极地人化事物，更多地表现为"主动态"："感时花溅泪，恨别鸟惊心。""人生无物比多情，江水不深山不重。"

由主动态释放的人类心力，即心的能动力，极是强大，且需加以导引和善育。心有莲花，草木皆佛。心存善念，万物皆美。心灵有春光，何处不明媚。否则，无知和自私的鞭驱，极易伤及自然生态地球。地球，那是我们人类共有的唯一家园、宇宙最美的蓝色星球。

城

城，一个与土地有关的汉字。一个历史内涵丰沛、诗意浓汁饱满的语词。一个人类由巢穴到村落到墙垣围拢之城的生命驿站。其若一叶舟，舞动着承载之重的象征之帆。

钱锺书《围城》里的城，系家庭生活层面之"城"。其以城作家庭婚姻的艺术象征：外面的人想进去，里面的人想出来。

卡夫卡的《城堡》，系社会生活层面之“城”。一座构筑在大雪迷茫中的神秘城堡，迷恋着无数双眼睛，引发人们遐想。

进入《城堡》的“外乡人”K是谁？是每一个“我”。我”是谁？是由独体之我向群体之一的演化者。

幕启，《城堡》里的人物皆含有双重意义：与城堡有关联的身份，与自己独立身份的叠加。

意味深长的是，几乎每一个自己都不惜放弃自己独立的身份，在更大程度和意义上，去关注自己与城堡有关的身份。甚至不惜放弃作为个体存在的价值，主动将自己依附于城堡从而实现价值的存在。

一块青砖放在那里，或许从头到尾只是一块青砖。若是垒筑于城堡墙体，从此不仅拥有了站立的姿态，而且获得辉映城堡晨光夕照的可能。

卡夫卡建构一座迷宫般的《城堡》，多少描画出人类由初级的群居解散之后，从居无定所的独行到合伙结伴的土屋居住，再到群体聚集的城市生活的上升曲线，揭示了人类一路波浪状、螺旋式演进的历史规律。

柏拉图的《洞穴比喻》，乃哲学生活层面之“城”。

一群人世代生活在洞穴里，犹如囚徒被锁定于一处，既不能回头，也不许环顾，只可直视前方洞壁。

众人身后燃一堆火，火与囚徒间置一堵矮墙，墙后有人举着雕像走过。火光将雕像投影到洞壁上，形成多样的、变动的影像，一如皮影戏。

大家确信影像为真实事物，并用各种名字来称呼它们。

终有一天，有一个囚徒挣脱锁链，第一次看到了真实炫目的火光。而刺眼的火光，使他看不清原来的影像，许久才辨清影像与雕塑，并发现雕塑比影像更为真实。他不顾刺痛，走向洞口，于是被拉出洞外，第一次在阳光下看到真实的事物。他通过看阴影、水中倒影，逐步看清事物本身。

最后观察太阳，明白了洞外的太阳，才是真正的理念，才是一个更为真实的世界，才是万物本原和最高原则——善。

柏拉图以奇特而天才的发明，将自己的使命感和政治理想投影到光怪陆离的洞壁。洞穴有多深，洞穴比喻的内涵就有多深。洞穴有多奥秘，洞穴比喻的寓意就有多奥秘。

刘姥姥与贾母

刘姥姥与贾母，《红楼梦》里地位悬殊的人物，却在“长寿”之道上邂逅，颐养天年，皆在八十岁之上。俩人养生方式不会也不可能相同，但有一点碰出了火花，就是明白自己要什么。

一个人的需求是动态的，不同年龄段所要的自是不同。身世显贵的贾母，在大观园舞台登场亮相时，已步入老年之境。阅尽人世繁华的老太君，深知人生的最后一场雪，已经离自己不远了。因而她要的是延年益寿，尽享人生风月。

大凡人生乐事，她都兴味十足：看戏、听曲、观画、猜谜语、抹骨牌、行酒令、品茶饮酒，咏花吟雪……样样少不了她。

刘姥姥从社会最底层走来，是一个只靠两亩薄田度日的“村野人”。“守着多大的碗儿，吃多大的饭。”她清楚自己的需要，乃是大观园对她的施舍赏济。“白玉为堂金作马”的贾府，赚他一根汗毛，刘氏的腰也会粗那么一圈。

刘姥姥勇气十足地一脚踏进了上流社会。为博得大观园对自己的好感，实现自己所要，她甘愿容忍各种调侃戏弄。而刘姥姥对此却丝毫不予介意，甚至不惜将自嘲做成一道风味独特的菜，端上餐桌，供显贵佳丽们尽情品尝。刘姥姥便站起身来，高声说道："老刘，老刘，食量大如牛：吃个老母猪，不抬头！"说完，却鼓着腮帮子，两眼直视，一声不语。众人先是发怔，后来一听，上上下下都笑得前仰后翻。王熙凤又让刘姥姥用银箸去夹鸽子蛋，压根儿没有见过鸽子蛋长啥模样的她窘态百出，换得众人无限开心。"一个人知道为什么而活，他便能忍受任何一种生活。"尼采的话，仿佛便是对刘姥姥说的。

明白自己是谁，便是找到人生坐标；需要什么，便是确立人生目标。事实上便是回答哲学最初的问题：我是谁？我要去哪里。

心灵的底线

东汉名臣杨震，为官数载，公正廉明，人以"杨震四知"广而颂之。

一次，杨震因差途经昌邑县，县令乃旧交王密。王密获知杨震到此，念及杨震当年给予的知遇之恩，遂怀金十斤，乘了朦胧夜色，前往馆驿相赠，却遭到杨震严拒。

王密急切道："此时深夜，无人知矣。"

杨震正颜厉色说："岂可暗室亏心！举头三尺有神明，此事天知、地知、你知、我知，何谓无知？"

元代学者许衡，有"义不摘梨"的故事，为世人称道。

一年暑夏，许衡与人途经河阳田野，烈日炎炎，焦渴难耐。恰好道路一旁有梨树果熟。众人一哄而上去摘。"道有梨，众争取啖之。"唯许衡独自一人正襟危坐于树下，安然自若。

有同行者问许衡："何不摘而食之？"

许衡回答："非其有而取之，不可也。"

同行者听了，不以为然："世乱，此无主。"

许衡一字一顿地回应道：“梨无主，吾心独无主乎？”

苏轼《赤壁赋》直言：“苟非吾之所有，虽一毫而莫取！”《礼记·中庸》有云：“莫见乎隐，莫显乎微，故君子慎其独也。”

超越

活着，需要超越。谁能够超越，谁就接近神，接近卓越。

超越，包括超越生命与红尘。

超越生命。灵与肉的契合，乃造物主神来之笔。灵魂必以肉体为栖，却要诗意而居，既栖居于肉身而又超然其上。因痛而痛，常也；由乐生痛，悲也；化痛为乐，智也。灵魂的翅膀即使栖落，也是飞舞姿态的一种节奏。超越生命的同时，尊重生命，对生命负责，保持与生命的和谐，美美与共。否则，皮之不存，毛将焉附？太上养神，其次养形。《灵枢·本神》曰：“智者之养生也，必顺四时而适寒暑，和喜怒而安居处，节阴阳而调刚柔，如是，则僻邪不至，长生久视。”《吕氏春秋·尽数》：“天生阴阳寒暑燥湿，四时之化，万物之变，莫不为利，莫不为害。圣人察阴阳之宜，辩万物之利，以便生，故精神安乎形，而年寿得长焉。”

超越红尘。入情而又超情，入世而又超世。身处于世俗，魂超然于物外，此何人哉？非圣即神。世俗之界形形色色，灵魂或视而不见，或见而不记，或记而不怨。南怀瑾有感而发：“活着从来艰难，在经受了生活锋利的切割和粗粝的打磨后，只要有一点光，就反射出炫目的美。不管生活给予人什么，都会高昂着下巴坦然接受，把困苦的生活活出诗意，把薄情的世界活出深情。”登临此境，便属“贵族”，重要是精神贵族。

超越，需建立于卓越认知之上。“所有事到最后都会是好事。如果还不是，那它还没到最后。这是积极乐观心态与情绪昂然挺立的基点。”（英国音乐家、诗人约翰·列侬）自信是一种态度，一种力量。“天生我材必有用，千金散尽还复来。”“长风破浪会有时，直挂云帆济沧海。”

万物“和于术数”，一切皆是最好的安排。苏轼被放逐期间，与友人采撷果蔬，取池鱼，酿黍酒，好不快活；被贬黄州，“长江绕郭知鱼美，好竹连山觉笋香”，美哉美哉。甚至打着牛角和乡民一起唱响自己改编的《归去来兮》，乐此不疲；再被贬惠州，“日啖荔枝三百颗，不辞长作岭南人”，身心超越，已然融入天人合一之境了。

人尝喟然而叹，人生无常。《红楼梦》感慨：“喜荣华正好，恨无常又到。”无常，实为人生常态。《易经》的灵魂精缩一个字“易”，一个“易”字，道破人世规律。易，即变易，变易即无常，“山重水复疑无路，柳暗花明又一村”。正是无常，生活才折叠得芸芸众相，皴染得层层次次。无常让人学会适应从容不惊慌，看到混沌后面希望的光彩。或许一切都不确定，面对无常，姿态由你来确定。天知道黑天鹅隐藏在哪片水域，又会在哪个时刻兀然闪现。下一张人生底牌，像一朵飘忽不定的云，像一眼深不可测的井，总是充满美丽的诱惑，这便是生活的魅力。

兰花瓷的西藏

有时候，爱护一件事物，最好的方式不是亲近它，而是不去打扰它，通过距离保持对它的尊重和敬畏。

生命是温度的产物，医学上说，温度决定人的生老病死。历史，我是说有些历史，或许便是气象创造的。

西藏是一件像生命一样精致美丽的艺术品。她像宋朝的兰花瓷，是温度烧制的杰作。上帝创造的艺术品绝世而不可复制。西藏很美丽，美丽的东西总是脆薄易碎。在西藏，我的举止翼翼然轻慢简约，生怕一丝呼吸，便会吹化梦一般的雪山，让圣洁的雪莲失却千年的家园。

距离，一切都是距离的艺术！奥秘就在距离，就像说魔鬼在细节。生活即为气象万千的景区，一步一景，景随步移。同一事物，东西远近各不同。距离一变，情景随异。谁能将距离舞若彩绸长袖，谁的人生便会柔软而灵动。

处事待物，都应有尺度与限度。分寸拿捏得恰到好处，增一分则白，减一分则黑。像史上最善解牛的庖丁："以无厚入有间，恢恢乎其于游刃必有余地矣。""合于《桑林》之舞，乃中《经首》之会。"起初宰牛时，他所见无非牛者，三年后见牛，已非整牛，因为"神遇而不以目视"，只凭精神接触牛的身体，而不用眼睛去看，就知晓了牛的内部肌理及其筋骨。

文惠君不禁发出难得的感慨："嘻，善哉！技盖至此乎？"可庖丁不依，释刀对曰："臣之所好者，道也，进乎技矣。"最后，文惠君曰："善哉！吾闻庖丁之言，得养生焉。"

雨过天青的宋朝

事物的个性特征，是事物的本质属性，也是其莹亮的辨识度。个性越鲜明，辨识度越高。有时候，越是个性的便越是美的。

在大合唱中听不到自己的声音，若要找回自己，一是独唱，二是领唱。我想到了中国的大宋王朝，年轻的宋朝人看一眼身后华盛媚艳的唐人，意识到不可邯郸学步、东施效颦，而必须另辟蹊径，张扬个性。你写句式齐整、合辙押韵的唐诗，我赋错落杂陈的牌名宋词；你崇尚富贵牡丹，我推崇清雅梅花；你感性绘绚烂唐三彩，我理性烧单色宋瓷，造一个不喧不闹、幽然澄静的“雨过天青”。

中国五大名瓷以宋代汝瓷（因产自汝州得名，窑址在今河南宝丰县清凉寺村一带）最为珍美，“似玉非玉却胜玉”，遂有“五窑之魁”盛誉，“本朝以定州白瓷有芒，不堪用，遂命汝州造青窑器，故河北、唐、邓、耀州悉有之，汝窑为魁”（《坦斋笔衡》）。汝瓷传世仅存六十余件，其身价在今日世界拍卖市场最为昂贵，炫为财富与荣耀的象征，纵有家财万贯，不如汝瓷一件。

初，五代后周世宗（“三武一宗”灭佛之“宗”）柴荣令工匠烧制茶器。什么颜色？世宗皇上看一眼刚刚下过雨的天空，蓦然来了灵感，说，就烧一个雨过天晴的颜色吧。“雨过天青云破处，这般颜色做将来。”

雨过天晴？雨过天睛那该是什么颜色。带着沉甸甸的疑问，工匠反复观察天象，虔心揣摩，但见雨霁放晴，天色青中有蓝，蓝绿相间，端的是碧空万里，粉青月白，“千峰碧波翠色来”。

与柴荣一样笃信道教的宋徽宗，不喜欢定瓷白色有“芒”（陆游《老学庵笔记》：“故都时，定器不入禁中，唯用汝瓷，以定器有芒也。”），而独爱“青如天，面如玉，蝉翼纹，晨星稀”的汝瓷，诏令将其移植到开封官窑发扬光大。汝瓷遂异彩大放，声名远播。

汝瓷釉面质感密致，幽邃温润；釉色神秘迷离，空灵梦幻，令人捉摸不透，欲罢不能。“天真独朗，从蓝而青”的汝瓷，以宋代官窑的巅峰之作，被尊为宫廷御用珍物。“识得官瓷面，江山坐一半。”明代曹昭留一声百年感慨：“汝瓷窑，出北地，宋时烧者。淡青色，有蟹爪纹者真，无纹者尤好。”

汝瓷，烙印着宋朝的时代特质，标志着宋代新异的审美理想与艺术趣味，俨然成为另一个辨识宋朝的美学符号。

赏析

这一组小文各具特色。

《寻找》一文中，实情虚景乃境。文章以“月”造境。月自水中，照上天空，这一笔便营造出“镜花水月”的禅意。月在人心，人心由透明的月裁成，这一笔再次将月虚化。本是天上月，却在水中居；本是天上月，却从心海升起。月象征着崇高的品格、善美的人性。

接着，文章由绘月而写人，人月互衬，相得益彰。“伤点皮肉不碍事，可千万别伤着了心。钱是身外之物，烦恼离心越远越好。”豆腐大姐质朴的话语中隐藏着生活的真谛。心灵的颜色就是生活的底色，一如那如水的月光就是天空的颜色一样。月光如水，夜空也会澄明；心地善良，满世界善美。反之，心中不平，便会自我灼伤。寻找月亮就是寻找崇高与善美。月亮升起的时候，人性美也在回归。

《还有多少朝霞尚未点亮天空》文短义长，言简意丰。文章起笔于诗，煞尾于诗，一脉贯通的是大器晚成、壮心不已。文中所引之诗皆自心扉流出，故而体味深沉，点化化用，赋予新意。

《成功的密码》一文，语言如话家常，却句句警策。“人生多阅历，胸中有丘壑。”读此文，觉得应再续一句：笔底生烟霞！作者说，成功若描述成惊天奇迹，那就是固步自封的囿境、宿命。这是对自造牢笼者的警醒；作者说，面对现实去想象，忘记年龄，只记得年轻。这是对衰朽者的唤醒；作者说，放大视像便是自造沼泽。上帝阻止不了你的脚步，羁绊你的只有你自己。这是对畏难者的劝诫……这些话语，字字入心，句句醍醐灌顶。

《心力》文章极富哲思。心若看不见，眼前无一物。作者围绕儒释展开论述，引用、举例生动有趣，论证层层深入。“其任何一种事物，一旦摄入人类视野，就会剥离自然，化入人类世界，鲜明地打上人性的烙印，诸如人类的历史性、文化性、思想性和情感性。”这是作者在先哲认识的基础上阐发的观点。从观察角度看，物是被动的，人是主动的。主动态释放出人类心力，心力需要引导和善育。心存善念，万物皆美；恶生胆边，毁灭世界。

《城》一文以“城”为线索，展开论述。家庭之城：外面的人的想进去，里面的人想出来；社会之城：放弃个体价值，融入城堡，以实现社会价值；哲学之城：从幽远深邃中走向洞口，分辨影像与本质，观察洞外太阳，探寻真与善。文章以具象城穴来象征人类史。“城”显然是触发作者哲思的灵感点。作者以此为基点，将家庭、社会、哲学与“城”这一具象相钩联。文章构思巧妙，篇幅不长，却意蕴深远，让人窥见了一部人类简史。从原始穴居到构木为巢再到围垣建城，人类从原始部落走进个体意识再融入社会生活。人类伟大在于其思想，故而作者最后落笔在“哲学之城”上。一部人类社会发展简史及其思想演进简史，经作者读书拾穗，精心剪裁，跃然纸上，可谓尺幅千里。

《刘姥姥与贾母》通过对比，阐释了人生哲学最初的问题：我是谁？我要去哪里？贾母经历繁华，想要过尽繁华。刘姥姥拮据大半生，放下尊严，奋力一搏，博他个生活殷实。“一个人知道为什么而活，他便能忍受任何一种生活。”贾母与刘姥姥，年龄相仿，各取所需，她们都是生活的智者。“自知”定位人生的坐标，“所需”确定人生的目标。已在坐标系中，象限明确，图像清晰，方向不移。

《心灵的底线》“引用”丰盈禅机理趣，“举例”支撑观点论证。文章引经据典，论证了超越对于人生的意义。作者先引用《灵枢·本神》《吕氏春秋·尽数》中的经典语句来论证超越生命的方法：外顺自然，内调性情，养神固形，长生久视，延年益寿。一言以蔽之，超越生命即是调和灵与肉、神与形。然后，作者引用南怀瑾的话语，论证超越红尘即是身居俗尘，魂超物外的理趣。在苦难中活出诗意，在薄情中活出深情。足蒸暑土气，诗写白云里。超越红尘，方能诗意栖居。接着，作者引述约翰·列侬的名言，论证了超越需建立在卓越认知之上的观点。一切都是最好的安排，如不是，那还未到最后。这样的认知必能超越。引经据典，使文章充满了禅机理趣。

文章举例典型，论证有力。苏轼被贬，贬出了豪放。乌台诗案贬黄州，娱情山水，与民同歌，忘了世愁。自请外放杭州，疏浚西湖筑苏堤，烟柳笼沙鸟莺啼。晚年贬惠州，不妨长做岭南人。暮年贬儋州，我本海南民。身心皆超越，也无风雨也无晴，一切都是最好的安排。

《兰花瓷的西藏》一文语言精警。作者认为：美是距离的产物，生命是温度的产物。保持距离、掌控温度，就能欣赏到兰花瓷般西藏的美。作者认为，技是限度的产物，道是尺度的产物。把握尺度、控制限度，总能穷其技艺、通达道理。感触，让语言饱蘸深情；认知，让语言饱含哲理。

《雨过天青的宋朝》文章夹叙夹议，兼有说明。叙述因议论铺开，议论由叙述引发。作者开宗明义，越是个性的便越是美的。随后，紧承议论介绍汝瓷的得名、产地、存世量及其价值。紧接着说明，作者展开铺叙。柴荣命制雨霁色，徽宗独爱放异彩。前者是起因，后者是经过与结果。最后，作者以议论做结，一层点明汝瓷的地位，一层点明汝瓷在审美与艺术上的价值。

歌德说："经验丰富的人读书用两只眼睛，一只眼睛看到纸面上的话，另一只眼睛看到纸的背面。"作者读书亦如此。像作者这样"读书拾穗"，一定能够"沙里淘金"。

（山西省大同市北岳中学　杜永红）

杜永红，男，1979 年生，山西大同人。任教于山西省大同市北岳中学，系大同市教学能手、优秀教师、优秀班主任、名师。

文学的颜色

文学，是关于人及其生活的艺术。人，及其生活，再没有比之更深刻更伟大更永恒的主题了！人与生活及其赖以生存的伟大的自然，构成永远的历史、永远的现实、永远的未来、永远的美。文学既是一种个人情绪的自我表达,更是一份真善美的自觉传递。文学不是真理，却可以帮助我们认识真理。文学虽无驱散生活中黑暗的魔力，却是点亮生命之光的火苗。

文学以力量的方式存在与显现。这力量像无形无色的风，隐蔽在时间深处。白昼是一只眼睛，黑夜是另一只眼睛。白昼在事物表面晃动，黑夜在事物深处歌唱。

文学艺术是一个民族心灵的营养素，是一个国家的精神维度。一个民族要有自己的文化自信，一个作家要有文学创作的美学自信，那就是真与善。

那么，文学的意义，便是通过个性的艺术探求，表达对人及其生活的关切与揭谛。没有诗就没有历史，自然也不会有未来。文学是生活的观照，却不是复制生活。柴火燃而为火，火又生成焰。红色为火，蓝色为焰，最强烈的光焰甚至无色。生活的河流永恒奔腾，文学的歌唱就不会喑哑。

文化是一只看不见的手，导引着一个人的言谈举止。形形色色的文化产品和文学艺术作品，从来不等同于文化，虽然它们是文化的重要载体。

流过我们心灵和记忆的不是塞纳河、尼罗河的涣涣河水，而是浸润其中的灿烂文明与文化；孔子、苏格拉底、牛顿、笛卡尔、荷马、但丁名字符号后面，是穿越时空的思想、科学、文学、艺术的光芒。

文学，弱者的选择？不，文学家将自己绚丽的才华智慧，转化为穿越时空的艺术力量。人们只有在文学艺术的天地里，才能找到自己，才能呼吸到清新至纯的空气，才可使化妆的人性得到回归复原，灵魂才会有安顿的可能。

文学是作家思考的重要器官。“我思故我在”，思考是人类存在的证明，“不经思考的生活是不值得过的”。思考赋予原状的日子以人性，使之变得精细而美丽。思考，应为人的自觉，更是作家的一份担当。形象化、意象化是文学思维的鲜明特征。把心灵的卧室腾空，好让月光更多地照进来；照着月光睡眠，梦外明亮，梦里灿烂。

美是艺术的灵魂，艺术是美的载体，画一条黄金切分线，横亘在艺术与非艺术之间。艺术圣坛姹紫嫣红，争奇斗艳，那便是文学。只是别忘了思想，一脉新锐独特的思想，让文学艺术灌注更深邃更久远的力量。

生活孕育文学，文学反哺生活。文学发现美的触角不回避生活中的丑，却不展览丑，不欣赏丑，不借丑发泄自己情绪。作家感情不隐蔽倾向，勇敢地揭露丑，批判丑，鞭挞丑，以之衬托美，放大美，呼唤美，启迪人们发现美，热爱美，珍视美。

历史就是当代史？不，那是六经注我，非我注六经。在历史面前，我们永远是个幼稚的小学生。作家和学者，须怀一颗敬畏之心，像敬畏神、敬畏佛、敬畏祖宗那样，轻轻地弯下腰来，或是蹲下身子，拂去时间的落垢尘屑，用民族的纯粹的文字，屏声敛气，掬水映月，将历史一笔一画地呈现出来，像小心翼翼地触摸和捧奉一只千年的陶罐。

生活飞溅的一些悖论浪花，在文学多棱镜折射下，形成多姿多彩甚至矛盾撞击的张力，但不可用逻辑之刀去考量与裁切，那样会割伤活生生的现实。

目的性有两种：一种是做事情的目的，另一种是做事情本身。对于文学艺术，我更热衷于后一种。

一切语境皆情境，一切观念、思想皆语境之物。任何一株花草之彩，必然折射一抔泥土的养育之辉。歌颂中有批判，批判中有歌颂，歌颂与批判都是文学创作的手段。正如任何手段都不是目的，文学的歌颂和批判目标的一致性，在于让生活变得更加美好。

金鱼啜一口水，再吐出来，是不是在反哺大海？一啜一吐中，大海翻腾着鲜活，金鱼游弋着美丽。这或许能够帮助我们理解作家与生活的关系。不可为了人物而生编硬造环境，要写出环境对人的强大作用，以及人物身上环境刻塑的深深烙印。人与环境，如同一株植物与泥土的关系，自然而亲密。

童心是天真无邪的象征，作家要用一双童真的眼睛打量和感知事物，原真地呈现世界。而解读世界，却需要哲学和宗教的成熟思想。

写作，是一场漫长的远足与修行。独孤、忍耐，像花蕾绽放前的沉默。心灵的羽毛总是在寂寞中变得丰满，智慧的光芒也总是透过寂寞的云层照射出来。编构一篇生活故事，或从故事的缝隙里发现诗意与思想，决定了两种不同的文学效果。虚构是文学创作的基本手段之一，绝不可以与撒谎混为一谈。虚构，只许限于文学创作，绝不可用于现实生活。写作如修禅，如做佛事。怀一颗佛心吟文咏章，遣词造句，其文必善，其词必真。

作家的叙述语言是作家风格的表露，作品中人物的对话则是人物自己的个性化语言，二者必须泾渭分明。当写作成为习惯之时，事实上它已然植入了你的生活，成了你的一种依赖，就像花草无法剥离春雨的浸润，就像河流热血般奔淌于大地。

语词有色彩、温度，常常需要沉静做铺垫，有时屏气敛息，憋得脸红心跳。好让后面情感爆发，像礼花瞬间绽放，而不可让前面的色彩和分量抢了风头。

激情和冲动创造奇迹。即使没有目的性的激情与懵懂单纯的冲动，恰恰构成艺术的源头。张旭醉酒后的书法，是清醒后理智的他不可想象的。成熟和强烈的目的性，比如“意在笔先”的美学理念，往往会造成艺术的伤害。

一个民族出现一部伟大的作品，最终将引领这个民族文学跃升到一个新的高地。

作家的作品，应该是历史波涛在作家心灵回音壁上拍打出的声响，是作家用灵魂和良知回应生活的忠实呼吸。用思想和才华写作，必得作品深邃而雅美。一篇优秀的文学作品，不在于描写出生活中发生了怎样的事件，而在于所描写的事件里发生了怎样的生活；不在于塑造了生活中怎样的人物，而在于所塑造的人物身上发生了怎样的生活。

判别一篇文学作品如何的朴素方法，就是看其读后能否留下深刻印象。读过即忘的作品，无论罩有多么绚烂的光环，都若一片金烟彩雾，经不住一风吹散。

曾看到一联：“好书悟后三更月，良友来时四时春。”何谓好书？好书何处有？文字爆炸，书报纷飞，端的是乱花渐欲迷人眼，读时方恨好书少！

阅读是最划算的“生意”，一方面可以获取知识营养，陶冶情操；另一方面可让心灵得到安顿。比起肉体，心灵更需要爱抚，而读书是滋养心灵的最佳良方。时间的价值在于使用。时间用于阅读，会放射出最鲜艳生动的光芒。阅读，需要深厚的视力。这视力，不是来自眼睛，而是阅历和思考力。

评论家剥茧抽丝的品鉴，是作家柳暗花明前行的一束光照。如果每一个作家，都在读者那里开有一个账户，那么作家每发表一篇作品，都要当作一次艺术价值的储蓄，而切莫透支读者的期望和喜爱。生命苦短，而有些作家的作品却太长。竟有人面无表情地说，对不起，我没有时间写短。一个作家在市场盆满钵满的时候，心里是否会被失落和困惑填满？

作家知名度的支撑最终一定是凭借他的作品，而不是靠什么花边新闻秀出来的，也与任何绚丽的光环无关。真正的作家一定是因为作品经典被读者记住，而不应该是别的什么原因。事实上，一个作家只有通过自己的作品与读者相遇，方能使自己的名字成为作品的一部分。

获奖可以提高作者的知名度，却无法提升作品的艺术质量。文学活在人们的阅读当中。作品不是为奖项诞生，而是为读者活着。记住作家的作品，比记着作家的名字更有意义。奖励“在过去一年中，为人类做出最伟大贡献的人”，构成诺贝尔的殷切期许，而其中的文学奖，则是要颁给“在理想的趋向上生产出最杰出作品的人”。何为“理想的趋向”和“最杰出作品”？那就是诺贝尔对自己最喜欢甚至不惜仰慕的瑞典诗人维克多·里德堡的赞美：“灵魂的高尚和形式的美好。”“灵魂高尚”和“形式美好”，既是诺贝尔文学奖的具象标尺，更是作家的终极向往与追求。

文品是人品的反映，作家的人品和文品理应相一致、相统一。作品，往往就是作家的一张脸。一个真诚善良有责任感的作家，其作品一定弥漫着温暖人心的力量。作家灵魂的每一声歌吟，便是人世间所有生命的合唱。

不是所有的云都那样透明；不是所有的远方都画着风景；不是所有的人，都挺着脊梁在大地上行走。

赏析

这是一篇关于文学的随笔。文学的颜色，应该是水的颜色、光的颜色，至真至纯而无色。

文如散珠，以文学之魂聚之。

先谈文学与人及生活的关系。“文学，是关于人及其生活的艺术。”“文学的意义，便是通过个性的艺术探求，表达对人及其生活的关切与揭谛。”“文学是生活的观照，却不是复制生活。”“形形色色的文化产品和文学艺术作品，从来不等同于文化”，“生活孕育文学，文学反哺生活。”

再谈文学写作。“写作,是一场漫长的远足与修行。”“写作如修禅，如做佛事。”“用思想和才华写作，必得作品深邃而雅美。”

接着谈文学阅读。“文学活在人们的阅读当中”，“记住作家的作品，比记着作家的名字更有意义。”

最后谈文品与人品。“文品是人品的反映，作家的人品和文品理应相一致、相统一。”

文章看似散漫，却以“文学”的话题统一贯之，形散而神不散。

文章精辟的妙语如星光闪烁，时时给人会心的启迪：“文学是生活的观照，却不是复制生活。柴火燃而为火，火又生成焰。红色为火，蓝色为焰，最强烈的光焰甚至无色。”这一比喻是解题的核心。

文章以比譬谕理，形象而令人折服：“作家和学者，须怀一颗敬畏之心，像敬畏神、敬畏佛、敬畏祖宗那样，轻轻地弯下腰来，或是蹲下身子，拂去时间的落垢尘屑，用民族的纯粹的文字，屏声敛气，掬水映月，将历史一笔一画地呈现出来，像小心翼翼地触摸和捧奉一只千年的陶罐。”

为文者与读文者，应当精读细悟。

（山西省大同市云州区第一中学　宋晓芳）

秋　韵

一

窗外是一棵枣树，秋天里落光了叶子，黑黑的枝干纵横交错地切割着天空。还有那么一枝树梢，借了风的手，婆婆娑娑，涂涂抹抹，天知道在窗玻璃上描摹什么图画，或许是窗外太冷了，想伸手到屋里来暖和暖和。这样猜想着，一抬头，惊异地发现，枣树高高的枝头，竟然坠着一颗红枣。那红枣色泽鲜明，红宝石一样灿烂，任凭秋风劲吹，摇摇然不曾坠落，像天空中一颗晶亮不灭的星星。

二

剥开玉米皮，将金灿灿的棒子掰取，这营生，这活儿，在中国晋北叫“下玉茭”。一株株玉米先是亭亭绰约，后来便像怀了孕的妇女雍容丰腴，带着几分羞涩、几分拙态，还有几分藏不住的神气。现在，收走了金黄色的孩子，一夜之间，玉米母亲便衰老了许多，衣衫不整，形容枯槁。风吹过，打卷的叶子和纷然褴褛的玉米皮，凄厉地发出一声声尖叫，那是失却亲生骨肉的幽怨与悲号，让整个田野、远处的河流以及高旷的天空都为之动容感伤、黯然欲泣。

三

从春天走来的河流，在秋日的河床里唱着平缓沉静的歌。

歌唱是河流的生命。走过盛夏，我们都曾因河流的轰鸣而焕发原始的律动，我们所有的故事都与河流有关，都在河流的伴唱下完成。

下一幕是冬季。河流将穿起毛茸茸的冰雪外套，把音频调得很轻很轻，让所有生命都沉浸于美丽的回忆中。河流相信，新的春天很快就会到来，它要破茧而出、化蛹为蝶，春波荡漾，春水飞溅，跳一曲春天的芭蕾，唱一支欢快明媚的春之声……

四

叶子，比如树叶、花叶，还有草叶，我都写过一些文字，有诗歌，有散文。眼前又是一年一度千树万树黄叶飞的时节，就想再对叶子说点什么。

叶子，几乎就是贯穿我们一年时光的性灵景物，是铺在我们生活画廊中一层浓墨重彩的底色。从一叶报春到一叶知秋，叶子始终在我们身边，吟唱旋舞，如影随形。

春天总是最先通过叶子而不是花朵盎然人间的，“春风又绿江南岸”，“池塘生春草”，“谁言寸草心，报得三春晖”，即是一个个好例。即使“小荷才露尖尖角”，那个“尖尖角”也一定说的是荷叶，而不是荷花。再后来，花开了，果结了，叶子不仅是花果最美的陪衬，而且成了奋不顾身地护佑花果的卫士，任风吹雨打。及至秋天，花谢了，果摘了，叶子就很朴素地从后台走到了前台，再度被大自然推为主角，山上山下，城市村庄，层林尽染，美不胜收。即使飘落，也是一番好景盛况，不仅轻飞曼舞、千姿百态，而且丁丁当当、金声玉振，合奏为雄浑壮阔的生命颂歌。我热衷礼赞叶子，特别是秋天的叶子，因为她色彩热烈而蕴含凝重，历经沧桑却不失豪迈飞扬，诗意隽永，耐人寻味。接下来就是冬天了，不，冬天也是有叶子的，那一片一片的雪，与其称之为雪花，毋宁唤作雪叶更为贴切。花是开放的，凋谢的。叶子是生长的，飘落的。雪飘九天，玉树琼叶，层层叠叠，直把人间落成一卷银纸素稿，好让来年一草草一树树万千新叶、蓬蓬勃勃，画出更新更美的图画。

秋天是在叶子们热烈的欢呼声中到来的。当我们被头顶树叶如潮的掌声惊动，就发现，风什么开始变得凉爽起来了。

叶子因秋天的到来而激动得五彩缤纷，它们完成了陪衬花朵、保卫果实的任务，小鸟般轻盈地扇动翅膀，尽情放飞春天和夏天里做的梦。落叶护根，这是叶子们的终极追求。它们争抢着飞离枝丫，好让花树洁净地迎接春天和新叶子的诞生。

叶子飘落的是生命的形，而永远鲜活的是生命的魂。年年旧叶让新叶，岁岁新叶换旧叶，演奏着生命不朽的旋律。这就是生命的法则、生命的高贵、生命的美丽和生命的灿烂。

赏析

关于秋天，自古以来，不同的人有着不同的感受和看法。范仲淹“塞下秋来风景异，衡阳雁去无留意”写出了秋的苍凉与悲壮；刘禹锡“晴空一鹤排云上，便引诗情到碧霄”写出了秋的豪迈与乐观；杜甫“无边落木萧萧下，不尽长江滚滚来”写出了秋的惆怅与痛楚……

本文以“秋韵”为题，采取片段式的结构，深入挖掘事物的内涵，把秋的韵味阐释得丰富而有内涵。在作者笔下，秋是纵横交错的枝杈下傲然挺立的一颗红枣，是孕育生命日渐枯槁的一位母亲，是经春到夏律动逐渐平缓而沉静的一条河流，更是层林尽染、诗意隽永的片片树叶。文中，秋有着孤枣自强不息的精神和品格，有着母亲饱经沧桑的胸襟和情怀，有着河流从容镇定的思想和情感……作者更着力描写叶子，通过叶子四季的变化特点，赞美秋叶绚丽静美的气质和风采，叶子身上所孕育的生命的希望和力量，也就是生机和生气，表现了一种不畏浮云遮眼，不惧艰难苦恨，在逆境中深自砥砺、永不言弃、心怀美好、负重抗争的定力和精气神。三个点，三条线，由小到大，由近及远，作者用看似毫无瓜葛的三个静物或动景，铺垫成文章主题的三个桥墩，把这三个生命小景，在叶子身上进行了更加深入的诠释。生命的光华，在一枚枚方寸大小的叶片上，写满了答语，刻透了注解。

语言表达上，文章多处运用比喻、拟人等修辞手法，呈现出绚丽飘逸的语言风格。文中的那颗红枣有着红宝石般绚烂的色泽；玉米棒子是金灿灿的；片片秋叶层林尽染、美不胜收……尽显色彩缤纷之美。文章使用拟人手法，赋予了事物以人的特点，例如描述玉米这一植物时，作者把它比作女性的一生，由亭亭绰约到雍容丰腴，再到失去孩子时的衣衫褴褛，语言表达中体现了作者对玉米母亲的感恩之心。全文如同一幅水墨画，既有轻描淡写，也有浓墨重彩，展现了秋的意韵，歌颂了生命的伟大，表达了作者对美好的向往、对理想的坚守、对未来的憧憬、对祖国的无限热爱，以及对自己和天下人的鼓舞激励！

（山西省大同市第五中学　闫智芳）

闫智芳，女，1974年生，山西大同人，初中语文教师，任教于大同市第五中学校，校优秀党员、优秀班主任、大同市优秀辅导教师，热爱文学，多次发表教育论文。

当河流成为传说

我知道河流

我知道那天地般古老的河流

它们比人类血管中流淌的鲜血更为古老

我的灵魂变得和河流一样深邃

美国“黑人桂冠诗人”兰斯顿·休斯的诗句，轰鸣河流一般的喉咙，常常海浪般拍打着我心胸的岸壁，尤在夜深人静时分。

河流，那灌溉我们生命的河流，跟随在我们身边日夜歌唱的河流，一条一条，银鱼一样，正离我们远去。没有了河流，日子就缺少了诗意，缺少了欢乐浪花；生活就缺少了畅美曲线，缺少了生命灵动与灵性。

河流是地球最早的生命元素。中非波桑歌人传说，太初只有黑暗、水和伟大的天神奔巴；墨西哥和中美洲的玛雅人认为，创世时只存在海洋、天空和造物主。

温度升高，气候异常，物种灭减，都可在水那里找到科学而权威的答案。水决定生命的温度，温度决定人的健康，决定世间万物的生死存亡。当代人心境浮躁、焦虑、纠结、易怒，中医说肝火旺盛，皆与干燥紊乱的气候有关。人的体温与地球表面平均温度分别应为36.5摄氏度和14摄氏度，升至一定高度，世界就可能面目全非。乞力马扎罗雪山，已经融化80%。雪山消融，还会有雪莲盛开？还会有白云舒卷？美术家林亨云获国际奖项的象牙雕刻《如履薄冰的北极熊》，讲述一只北极熊妈妈带着它的一双儿女爬行在随时可能融化的冰上，它们趴伏着身子，尽量扩大身体与冰的接触面，眼睛里布满恐慌与无助，嘴巴微微张着，沉重的喘息声让人透不过气来。

地球，宇宙间一朵最美的花，只要缺失了水，地球之花就会枯萎凋谢，像秋风里飘零的一片黄叶。任何黄金和白银、翡翠和钻石，在水的面前，都将黯然失色、一文不值。中国曾经美如神话传说的楼兰，最终成为被沙漠掩埋的永远的传说神话，水源破损是大自然法庭最严正的指控。当年楼兰受惠于塔里木河和孔雀河，像一柄折扇，打开了一片广阔的冲积平原。公元 4 世纪后，却突然香消玉殒，坠若流星。公元 7 世纪中叶，唐玄奘取经归来，这座“东方庞贝城”已经“城郭岿然，人烟断绝”。或许楼兰的消失，给西域的另一座古城尼雅带来了震惊和警示，于是在那里诞生了世界上最早的森林保护法。水缺乏与水污染，像两把悬在头上的达摩克利斯利剑，日益威胁着人类的生命。

美国刘易斯·托马斯以一曲《细胞生命的礼赞》谱唱：“站在月亮上远望地球，让人惊讶得敛声屏气的是，它活着。……看上去，地球就是一个有组织的、自成一体的生物……”是的，地球是一个巨大的生命体，其水脉犹人之血脉，其造水功能如人之造血功能。通则不痛，痛则不通，中医之道切中地球之脉。肆意建筑，疯狂采掘，令地球血脉阻断，遍体鳞伤；“美人首饰侯王印，尽是沙中浪底来”，人类采掘地球里的所谓金银铜铁，无异于伤及人体的红细胞白细胞。昔日井筒，舀出一瓢水转瞬间即可补平溢满，如今水位日渐下降，总有探底穷尽之时。

今日非洲，每年有上百万儿童死于缺水。而核污染、化学污染，更使地球母亲毒素浸淫，痛不欲生。楼兰的消逝是可悲的，可怕的是人类正在滑入楼兰怪圈——“地球上的最后一滴水，将是人类自己的眼泪”，当河流成为传说的时候，人类距离挽歌响起还有多远？！美国物理学家普·巴克实验证明：一粒一粒堆沙子，堆至一定高度，即使落下一粒，也会导致整个沙堆坍塌，那情形正如阿拉伯谚语所说，压垮骆驼的最后一根稻草。

有则幽默：伦敦有个皮鞋匠皮鞋做得好，只是交货日期略显长。一个顾客就抱怨，上帝造一个世界才花7天，你做一双皮鞋怎么需要这么长时间？皮鞋匠把顾客拉到窗口，说：你看看上帝造的这个世界，再看看我做的这双皮鞋……这上帝不是别人，正是人类自己！一堵倾斜的墙，所有人都不希望其垮塌，可它毫无悬念地倒下了。极富讽刺意味的是，散落的零砖碎瓦上，印有现场每个人的指纹。

世界宗教会议《走向全球伦理宣言》：“我们的世界正在经历着一个根本的危机：一场发生在全球经济、全球生态和全球政治中的危机……对于种种新的挑战，有太多的回答已过于陈旧。”“我们的星球继续在遭受无情的掠夺。生态系统的崩溃正在威胁我们。”来自全球的1575名科学家早在1992年就发表了《世界科学家对人类的警告》，称“人类和自然正走上一条相互抵触的道路”。

约旦学者哈桑王子呼吁：“应当从人类生活条件，而不是物质财富的角度对贫困进行定义。”不！如此定义，仍属隔靴搔痒。地球资源减少及受损程度，才是对“贫困”的最后定义。讨论全球化是重要的，但正视“人与地球关系”，确立“天人合一”的思维更重要。社会法律与自然法则一旦对立抵牾，人类必须放弃自身利益与尊严，无条件捍卫地球的神圣。地球是所有生命须臾不可游离的依赖，皮之不存，毛将焉附！纵有诺亚方舟可乘，宇宙间能觅到第二颗蓝色星球？可有和平鸽飞翔，橄榄枝鲜绿？

以有限之胃去贪宇宙浩瀚之广，是人类的一个致命伤；人类的欲望层出不穷而地球终究有限，以一星之体，承载人类无限的索取与消费，是地球的一个无言之痛。黑洞般的欲望驱使下，人类将上帝播种的欢乐，践踏得如同暴风雨摧残过的荷塘。“假如我们所有的人能严格按照自然的要求生活，我们的生命就能像宇宙万物那样的永恒。”罗素说这句话时，定是目光忧郁，眉峰锁满悲戚与无奈。

动物对地球亿万年的管理是成功的，而人类才接管几千年，就使得大自然伤痕累累，满目疮痍。尤其工业文明，是人类社会发展的怪胎，冠之以“文明”，实乃对文明的讥讽与亵渎。安东尼·吉登斯将工业文明开创的“现代世界”，论为人类文明“大断裂”的标志：它绝非任何一种人类文明形态和传统（比如希腊—罗马文明）的发展与延续，却是“上帝发错了牌”的唯一注释——军事暴力和伪科技、非科技掠夺所造成的世界“失序”……

李约瑟之谜：为什么工业革命没有发生在古代文明先进的中国？答案：西方价值观孵化的工业革命，锋芒直逼大自然，暴力索取，贪婪征服，带给生态环境累累创伤。而中国以“天地与我同根，万物与我一体”为宇宙大观，追求天、人和美，对大自然充满人文关怀。中国造纸、印刷术、火药、指南针四大发明中，贯注着中国传统伦理道德，包括阴阳五行、儒道精神，充溢着丰沛的东方文化气息。即使火药，也只是用于迎春的爆竹，点燃生活诗情，烘托节日气氛。科学有真科学、伪科学之分，如何甄别与检验？其必曰：有利于人与自然。李约瑟幡然醒悟道，只有中国的伦理思想，才是纠正西方偏斜失衡的法宝。

美国海洋生物学家雷切尔·卡逊，潜入“海风的下面”，酿成一部文学作品《寂静的春天》，发射了一枚生态环保的绿色信号，催生了“世界地球日”的设立。因其与牛顿、爱因斯坦一样伟大，获得了美国公民最高荣誉奖“总统自由奖章”。人们会打开紧闭的门窗向外张望，今日的春天是否寂静？明日的春天是否会寂静？

“不要说改变大自然 / 大自然已足够美丽 / 丑陋或许是我们自己 /

不要滥用改变这个动词 / 大自然已足够经典 / 改变应当是我们自己。”歌德呐喊。

“大自然从未犯错误，犯错误的是人”；“不要过分陶醉于我们对自然界的胜利，每一次胜利，自然界都会对我们进行报复。”恩格斯慨叹。

夜深沉，是谁弹响波兰女作曲家巴达尔泽夫斯卡 18 岁时谱写的钢琴曲《少女的祈祷》？何处传来圣诞歌曲《平安夜》？

我知道，河流只有在音乐的歌唱声中，人类只有在河流的歌唱声中，才能找到安宁与幸福……

赏析

人类文明从大江大河边走来，历经农耕文明、工业文明，到今天踏进科技文明的门槛，人类如造物主般创造一切。但本文却替静默的河流告诉我们，它依旧是我们命之所系、魂之所依，无可替代。

文章第一部分叙述了中外创世文化中河流所扮演的重要角色，着重强调了水关乎一切生命生存的真相。

第二部分用诗意的笔调，以生存的现实和文化的现实告诉我们，以河流为代表的水不仅是自然的色彩，也是文化的色彩。水关乎我们生命的质量。

第三部分以楼兰古国为例，反证水是地球生命之源，河流关乎人类命运存亡。

第四部分直面残酷的现实，指出水缺乏和水污染会让河流成为传说，深刻剖析有了科学加持的无尽欲望是河流的致命之伤，当河流成为传说，人类的挽歌也终将唱响。

全文以“传说”二字回顾古往，关照今来，最后以中国文化的“和合而一”理念反思人与自然的关系，再次发出了深情而又哀伤的呼唤。

本文在阐述具体观点时，以大量的诗文穿插在理性的分析之中，理因情而显，情因理而深。诗意地吟咏、深情地哀叹、理性地分析使文章兼具唐文的诗意、宋文的深邃，这是本文最大的特点。

（山西省大同市灵丘县第一中学　袁志红）

袁志红，女，1982年生，山西省灵丘县人，山西省中学语文教育专业委员会会员，系全国“十三五”重点课题负责人，任教于山西省灵丘县第一中学，中学语文教师，被评为大同市名师、教学能手。

含羞草

那天，读小学的儿子对我说，他在花市上看到一盆花。那花怪有意思的，用手指碰一下，本来张开的叶子就慢慢缩了回去。我一听，就来了兴趣，当即匆匆跑到花市，买了一盆回来。

这就是含羞草。淡粉色的草茎，忽正忽斜地生出一组组鲜绿的草叶。数一数,每一组都是四片叶子,互相对称,结构像一朵十字形的花。每片叶子不像一般的草叶花叶那样宽阔，而是由许多个纤细而独立的叶芽组成，那形状极像我们梳理头发时用的篦梳。花也要开的，像花生那么大小，紫色的花针、黄色的针尖，毛茸茸的，状如一颗小巧精美的绣球，或者像一朵礼花在空中绽开一瞬间的定格，虽然这花是那样的小。这时，你不管用什么东西，包括手指，只要触到她身体的某一个部位，就像一句带了长串形容词副词的语言，通过压缩，简化成主谓宾。那叶子本来是像雨伞一样丰满地撑开的，或像孔雀的彩屏自由舒展开放的，这一下子，却像折扇或手风琴，徐徐然收拢，成了一条条小绿虫子的模样，在那里一动不动地趴着。或者也可以比作蚂蚱的翅膀、蜻蜓的尾巴。而且那一根根斜挑着叶子的茎，竟然也要弯曲低垂下来，像一面旗帜的降落，像我们同别人再见时，手臂在空中挥动画出的弧线。

有时，你说话的声音太大了，说不清是音波还是气流的震动，含羞草都要轻轻地埋下头来，藏起美丽。甚至，你为她洒水时，一滴清亮的水珠落在她身上，她也要那样认真地“含羞”一下。

含羞草哟，你也实在有点太敏感、太小心翼翼、太警惕了，弄得我每次靠近你观赏你时，总是蹑手蹑脚，屏住呼吸。有一段时间，我晚上睡觉总要梦到你，那情形就有点像庄周与蝴蝶，恍兮惚兮，不知是我在梦你呢，还是你在梦我。莫不是在夜深人静时分，你像蒲松龄笔下的狐仙，飘然走下花盆，从阳台轻盈地来到我的房间。我真切地以为你不是一种普普通通的植物，而是成了精、通了灵性的草。我相信你有一双比“巧笑倩兮，美目盼兮”更脉脉含情、楚楚动人的眼睛，虽然我无法看到；你有一颗纯洁无瑕、聪颖脆嫩的心灵，虽然我只能用心体会；你有一片温柔如云、晶莹如玉的纯情，我已经深深地感触到了。我甚至怀疑自己，是不是把你当成了情人，含羞草哟。

然而，含羞草，还是你挽回了我的清醒。那天，当我满怀爱心地伸手去抚摸你的时候，忽然被什么东西尖利地扎了一下。仔细一看，啧啧！原来含羞草粉红色的茎上分布着一根根绿色的针，像玫瑰的刺。那针尖呈黑色，极不易察觉。“多情反被无情恼”，小小的一株含羞草哟，你竟有如此强烈的廉耻之心，对自己的“美丽情操”和尊严品格守护防范得如此严密，一如宋代学者周敦颐《爱莲说》里的莲花，只“可远观而不可亵玩”也……

赏析

作者从儿子的口中初识这种植物，便兴致大发去花市将“她”买了回来。由此引出含羞草的种种。

文章生动、形象地描绘了含羞草的特征，写自己与含羞草相处的过程。作者的喜爱是如此浓烈，以至于将含羞草想象想成一个美丽的姑娘，她的一颦一笑都深深触动心灵——“我”甚至怀疑自己是不是把含羞草当成了情人。

比喻、比拟的修辞手法贯穿全文，细致的描绘令人拍案叫绝。作者描写含羞草，字里行间流露出浓浓的情愫。“那形状极像我们梳理头发时用的篦梳”，“紫色的花针、黄色的针尖，毛茸茸的，状如一颗小巧精美的绣球”，“像一朵礼花在空中绽开一瞬间的定格”，“像雨伞一样丰满地撑开”，“像孔雀的彩屏自由舒展开放”，“像折扇或手风琴，徐徐然”……如此新奇的比喻、传神的比拟，俯拾皆是。

第二人称的叙述视角，拉近了与读者的距离，增强了文章的新鲜感。“含羞草哟”，这样情不自禁的呼唤反复出现，让我们对含羞草的可爱美好与作者的深情赞美，深有同感。

最后，作者引用周敦颐《爱莲说》之句收束全文，给读者以启迪：对含羞草如此，对人亦如此，我们应永葆一颗敬畏之心。

（山西省大同市天镇县第一中学　张卫春）

张卫春，男，1967年生，山西省大同市天镇县第一中学高级教师，山西省作协会员，大同市作协会员，天镇县作协主席。

杏花殇

院子里有一株不知是谁种的杏树。

或许是哪家的顽童，吃罢杏肉，信手将杏核一抛，那杏核就灵性地落地生根,吸纳大地的精气,相约一个春天,悄悄地穿出一株杏苗来。

这是哪个春天里的事，谁也说不上来，甚至连杏树的处女花是在哪一年春季绽放的，也一样不曾有人留意到。

今年早春的一天，我在院子里“闲庭信步”，突然惊奇地发现，这株杏树女大十八变似的，于不经意间出落得一派丰满葱茏、楚楚绰约。我不禁想到昔日“杨家有女初长成，养在深闺人未识”的杨玉环，后来成了雍容华贵、珠光宝气、笑吃荔枝、丰腴肥硕的贵妃娘娘。是花模仿人，还是人更像花？“人面”“花容”想必向来都是连通的，要不怎么会有“羞花闭月”那样美丽的传说。

莫说“桃三杏四”，这株杏树因是朝阳而立，周围又无什么遮拦，端端地应了那“向阳花木早逢春”的诗句，“不待春风遍”，“独自占芳辰”，一梢梢的“红杏枝头”早早地就一番“春意闹”了。那一树似锦繁花，鲜红如燃，暗香浮动，引来一群蜜蜂，乐颠颠地飞上飞下，嗡嗡然比唱戏还要热闹。

尤其是每一个花蒂都结了一枚橄榄状的青杏，玉坠儿一般绿得透明，绿得晶莹，绿得叫人心颤。借了阳光，仿佛能看到青杏肌体里面音乐般流动的液汁。我想，待到夏天，从这株杏树上，定会摘下一大筐莹润香甜的金杏的。

杏树上还有一些蓓蕾，或许是忘了武则天“花须连夜发，莫等晓风吹”的提醒，或许是去哪里贪玩而误了早开的花期，懒懒地在那里做着春天的梦。

可惜的是，天有不测风云，大自然永远在我们想象之外微笑着，神秘而幽默。一场势头强劲的“倒春寒”突如其来，那株花团锦簇的杏树，一夜之间香消红殒、风光落尽，沦成一个衣衫褴褛、满脸沧桑的老妪。杏树下面，布满一地枯萎的无奈和伤痛。

寒流过后，打卷的杏叶虽渐渐有了舒展，却毕竟没有先前那般浓绿灿丽了。

然而，就在这些叶子的隙缝，又星星点点地开了一些杏花。正是那些没赶上早春而迟开的蓓蕾。花蒂下，缀着一颗颗毛茸茸的青杏，像婴儿的眼睛一样水灵，闪烁着无比蓬勃的生机。

这些晚结的杏儿，最终在那个夏天，孕成了杏树珍贵的果实。

赏析

本文短小精悍，全文以杏花为线，给人以智慧的启迪。

生活拥有望穿秋水的等待，也有意想不到的惊喜。文中顽童信手一抛，杏核便灵性地落地生根，吸纳大地的灵气，长成一株杏树。在某个不经意的日子里，便如邻家女孩一般出落得一派丰满葱茏、楚楚绰约，让人不禁感慨：春天一到，美好的事物便会如约而至。

杏花的寓意是幸福。“那一树的似锦繁花，醉红如染，暗香浮动，引来一群蜜蜂，乐颠颠地飞上飞下，嗡嗡然比唱戏还热闹”；“我想，待到夏天，从这株杏树上，定会摘下一大筐莹润香甜的金杏”……这些似乎在启发读者：春天里杏花的美不仅在于蜂飞蝶舞、鸟语花香，更在于它带给人美好的遐想，比如收获，比如梦想。“可惜的是，天有不测风云，大自然永远在我们的想象之外微笑着，神秘而幽默”，“杏树下面，布满一地枯萎的无奈和伤痛。”“这些晚结的杏儿，最终在那个夏天，孕成了杏树珍贵的果实。”其实这正如人生一般，不可能永远繁花似锦，惹人驻足流连。当风光落尽、香消红殒的时候，缝隙中、尘埃里，都是我们的力量源泉。花已开过，春已到来，人生总有不期而遇的风雨，但也有生生不息的希望和希望孕育出的珍贵果实。

本文将杏花拟人化，赋予了它人的灵性与情状，运用比喻、通感等修辞手法，形象生动地描绘了风姿绰约的“杏花少女”和风光落尽的“老妪”，尽显杏花的繁华之美与凋零之痛。历经风雨之后，虽风华已逝，却迎来了新的生机。

文章语言细腻深刻、平和优美，行文如涓涓溪流，叮咚有声，直击心灵，诗情画意中更显情真意切。

本文以小见大，匠心独运，描述了一株普通的杏树从最初的花开花落到最终收获珍贵的果实，使读者于平凡细微中感悟人生哲理：杏花尚且能够承受住风雨摧残之殇结出硕果，人更不应该在遭遇挫折和困难之后失去勇气和希望！

（山西省大同市云州区第一中学　赵丹）

又闻青草香

一片殷殷切切的期待中，又一个无雪之冬寂寥而过。昨夜一场春雨飘落，竟是浑然不知，晓来推开窗户，喜觉满眼湿漉漉的新鲜。出得门来，但见路上的行人，一个个都好像被春雨洗了似的，表情一副湿润和明亮。

五九六九，河边看柳。然而生活中，北方的春色总是要比民谚描绘的景况来得更晚一些。路边的草坪,隐约萌发出“草色遥看近却无”的诗意，而靠近草坪，分明有一脉脉的草香，淡雅清新地向你袭来。

草香撩动记忆，草香里藏着多彩的记忆。随着草香的袅袅浮动，我童年的一些画景便徐徐然铺展开来。

晋北的乡村，虬扎着我深长而剪不断的根。每逢下雨，总是忙碌辛劳的牲畜们就获得了难得的假日，被拴在圈里，悠闲中仿佛又夹杂着一些无聊，或仰起脖子嗷嗷地叫唤两声，或上下左右使劲甩动一圈尾巴，或蹦跳着蹶踢几下发痒的蹄子。雨还赐予了男人们睡懒觉的权利，所谓“下雨天，睡觉天”。睡得不耐烦了，他们就跳下炕，三五一伙儿地聚在一起去打“平和”了。你家一斤面，我家半两油，七手八脚地做一顿满街飘香的“百家饭”，少不了还有一坛子高粱白。而后大家伙儿围坐一团，狼吞虎咽，满头大汗地吃个杯空碗光，盘底朝天。雨停了，我们这些小萝卜头，拎着镰刀，背着箩筐，奉了大人们的指令，到田野里为牲畜们割青草。田野上那些晴天时被太阳晒得打蔫的草，此时都喝饱了雨水，肚子挺得鼓鼓的，一棵棵好像都怀了孕。亮晶晶的雨珠，伏在草叶上滚来滚去，碰落下来打湿我们的裤脚和鞋袜，仿佛是一种小小的报复，我们毕竟打扰了它们的宁静。割草是有节奏的,这节奏总是伴着蛐蛐此起彼落的鸣唱。雨后蛐蛐的嗓音，格外清澈明灿，原本单调的割草活儿，就被蛐蛐的歌声浓浓地音乐化、艺术化了。而突然跳起的蚂蚱，常常让我们吃上一惊。潜隐在草丛里的蚂蚱，穿一身绿色的衣服，你是发现不了它们的。当它跳起又落下时，你会看到，绿蚂蚱那金鱼一样凸出的眼睛，也是草绿草绿的，像童话一样晶莹纯美，叫人顿然心生爱怜。只是这样一惊乍一走神，手有时就会被镰刀或草划破，却也不打紧，抓一把泥土摁住，血就不流了。每一回割草，镰刀、手脚、衣裳、箩筐，都一一浸满了浓浓的草香，带回家，带到母亲做的粗茶淡饭里，每一筷子都觉得格外香，格外好。就连晚上的梦和月亮，也被染得幽香绵长。

赏析

本文是一篇情景交融的优美散文，比喻、拟人的修辞润色颇具匠心。作者从现实的青草香联想到了家乡的青草香，看似内容多变，但情感主线集中，在叙述描写之中抒情，抒发了作者对青草香的难忘之情和浓浓的思乡之情，读来倍感亲切。

开篇将作者殷切而又喜悦的心情表现得淋漓尽致。作者细致地观察了春雨后的万物，从视觉的角度写出了万物在春雨的洗礼下，那么的清新脱俗。由物写到人的变化，人们在春雨过后也充满了无限的活力。

“草色遥看近却无”，作者引用了韩愈的《早春呈水部张十八员外二首》中的诗句，远看似有近看却无，由远到近，描画出了初春小草沾雨后的景象，运用简洁的语言写出了春草刚刚发芽时若有若无、稀疏细小的特点。之后作者又以极细腻的笔触从嗅觉角度写出了青草芳香浓郁的特点。

“拎、背”等动词表现了小萝卜头们的健壮有力，与春雨来临时的懒散形成了鲜明的对比，同时照应了首段仿佛春雨清洗了一样，充满了活力。“抓、摁”等一连串的动作有序展开，展示了包扎的熟练性，把晋北乡村的草根形象展示在读者面前，让人难以忘怀。

肚子“鼓鼓的”“怀了孕”，拟人的修辞将春草写活了，写出了小草在春雨的滋润下茁壮成长，从侧面烘托出春雨之大。“伏”字仿佛让读者看到了雨珠在同青草嬉戏的画面。“报复”一词，由于感情的倾注，雨珠在这里都仿佛变成了富有感情的人，是贬义褒用。

尾处以浓浓青草香作结，是点睛之笔，照应前文，虚实结合。

（山西省大同市第七中学　武玉琴）

武玉琴，女，1992年生，山西五台人。2016年担任怀仁十一中高中语文教师；2018年担任太原市西峪小学语文教师兼班主任，并获得了优秀班主任荣誉称号；现任山西省大同市第七中学校，中学语文教师。

多彩自然

小松鼠的春天

小松鼠下山走亲戚，第二天回家时，带了一袋五颜六色的花籽。小松鼠说，他要种一座五彩花园，好让春天也有个家，把春天永远留在身边。

天上的云朵五彩缤纷，小松鼠一路追逐着，活蹦乱跳。还未到家，就大声喊："爸爸，我带回一袋花籽，我要给春天种一座漂亮的五彩花园。春天有了家，就再也不会离开我们了……"

听到小松鼠叽叽喳喳的吵闹声，松鼠爸爸从屋里走出来，他从小松鼠背上摘下花籽袋，咦？里面怎么是空的！仔细一看，袋子下面绽开一个小洞，松鼠爸爸明白了，不禁笑出了声……

第二年春天，小松鼠和爸爸一块去山下亲戚家。小松鼠轻轻推开门，眼睛骤然被一片鲜花照亮。哇！五颜六色的花朵，一丛丛，一簇簇，从山顶一路铺向山下，像天上的云霞，婀娜多姿，灿然绚丽。风儿吹过，花路又像一条花河，溅起一波又一波烂漫的欢笑……小松鼠惊诧得傻了眼。

松鼠爸爸弯腰抱起小松鼠，用手指着眼前这条一望无际的花带说："孩子，是你把春天带回了家！谁的心里有春天，春天就会和谁永远在一起。"

小松鼠摇摇头，一脸疑惑，眼睛瞪得像两只小铃铛。看着纳闷不解的小松鼠，松鼠爸爸认真地说，是你去年带的花籽撒了一路，如今成了一条铺满鲜花的路、一道人间美丽的彩虹、一幢春天永驻的花房。

松子成树记

一只小鸟，在一块山岩上栖落时，将嘴里衔着的一粒松子，丢落在那里。

先是，松子睡着了，睡得很沉很香，仿佛依偎在母亲温暖的怀抱。阳光用金色的手指轻轻地挠它，松子被挠醒了。它揉一揉惺忪的眼睛，一看，咦？世界怎么变了！这是哪里？只见四周一片光秃秃的，脚下是梦一样幽邃的深谷。

松子哭了，哭着哭着，天边就飘来一片乌云，接着下起了毛毛细雨。

“孩子，记着，我们的名字叫松树。岁寒，然后知松柏之后凋。”松子的耳畔，蓦然响起了“树爸爸”的声音。

“我要发芽，我要生长，我要长成爸爸那样伟岸的大树！”松子紧握小小的拳头，对着天空大声说。

一滴雨水淋湿了它，松子吸了一口，悄悄开始生根。它咬定岩石，纤细的触须像一根钢针，一股劲扎向坚硬的石头。

成功了！成功了！

“精诚所至，金石为开。”谁知道经过了多少个日夜，在松子的顽强攻克下，岩石服输了，抑或是被松子的执着和坚毅打动了。岩石的皮肤，被松子的根须刺破，生生裂开一道石缝。松子遒劲的根，锐利地深入到了岩石的腹部。

朝晖夕阴，斗转星移，一株苍绿的小松树终于挺立在岩石上，像一面旗帜，在一座山峰上高高飘扬着骄傲与豪迈。

松子创造了一个属于自己的世界，创造了一道奇异壮美的风景。热情的风，将松子的传奇故事到处传唱，唱给了小鸟，唱给了蝴蝶，唱给了花丛，唱给了森林，唱给了山泉，唱给了海洋，唱进了白云深处，唱进了大自然多彩的历史。

知了

知了，让整个夏天沸腾。那一波一波的天籁，为酷热的空气与燥热的灵魂，洒一碧清澈的慰藉。

大自然的风物，一俟摄入人类视野，就会被涂染一抹人文色彩。王国维在《人间词话》中说：“以我观物，故物皆着我之色彩。”知了及其学名“蝉”，皆被赋予人文色彩。

“道可道，非常道。”“朝闻道，夕死可矣。”夏虫不可语冰，井蛙不可语海，凡夫不可以语道，知了，你一个区区小虫，竟然敢称“知了”——知道了，知道即了！“忽荣忽枯，忽丽忽朽”，《红楼梦》里有《好了歌》，若要好，须是了。“陋室空堂，当年笏满床；衰草枯杨，曾为歌舞场……”

李时珍在《本草纲目》说：“蝉乃土木余气所化，饮风吸露，其气清虚。”有说，给十四天的时间，知了即可看透人间的是与非。有吗？！知了，你真是一个巨大幽邃的谜，我虽有困惑不解，却依然向你倾一怀虔敬之情。

“明月别枝惊鹊，清风半夜鸣蝉。”知了腹部是两个小圆片的“音盖”，音盖内侧有一层透明薄膜，瓣膜发出的声音，通过音盖扩音器放大，便发出“知——了，知——了”那样的鸣叫。知了被誉为“昆虫音乐家”“大自然的歌手”。被誉为“昆虫界的荷马”的法布尔说：“蝉是非常喜欢唱歌的。它翼后的空腔里带有一种像钹一样的乐器。

它还不满足，还要在胸部安置一种响板，以增加声音的强度。”

“造化生微物，常能应候鸣。”《礼记·月令》：“仲夏之月，鹿角解，蝉始鸣，半夏生，木槿荣。”“孟秋之月，凉风至，白露降，寒蝉鸣。”朱熹读到《诗经》中“四月秀萋，五月鸣蜩”“如蜩如螗，如沸如羹”时，考证批注：“蜩，螗，皆蝉也。”他还有诗《宿寺闻蝉作》：“树叶经夏暗，蝉声今夕闻。已惊为客意，更值夕阳薰。”

知了的形状习性，被历代文人诗化了：“生随春冰薄，质与秋尘轻。端绥挹霄液，飞音承露清。”“园柳吟凉久，嘶蝉应序惊。露下缕恒湿，风高翅转轻。叶疏飞更迥，秋深响自清。何言枝里翳，遂入蔡琴声。”白居易神色飞舞、笔调清新道：“荷香清露坠，柳动好风生。微月初三夜，新蝉第一声。乍闻愁北客，静听忆东京。我有竹林宅，别来蝉再鸣。不知池上月，谁拨小船行。”晏殊和王安石不约而同地为蝉而歌：“绿树新蝉第一声。”“去年今日青松路，亦自闻蝉第一声。”

“高蝉多远韵，树茂有余音。”“声流上林苑，影入侍臣冠。得饮玄天露，何辞高柳寒。”知了栖高枝，饮清露，遂为高洁象征。曹植《蝉赋》云：“实澹泊而寡欲兮，独怡乐而长吟。”“栖高枝而仰首兮，漱朝露之清流。”苏东坡赞美“蜕形浊污中，羽翼便翾好”。说到身居赤城、名在绛阙的天台司马子微，“为东海青童君所召”，特地用了一句“乃蝉脱而去”。虞世南为唐太宗所重用，语气自信而轻松：“垂绥饮清露，流响出疏桐，居高声自远，非是籍秋风。”骆宾王怒怼武则天，格调深重而犀利：“西陆蝉声唱，南冠客思侵。那堪玄鬓影，来对白头吟。露重飞难进，风多响易沉。无人信高洁，谁为表予心？”

“夜来一雨将秋至，今晚蝉声始报秋。”布谷唱春，知了报秋。“报秋凉渐至，斯夜思偏清。”“别愁逢夏果，归与入秋蝉。”“日暮野风生，林蝉候节鸣。”初唐四杰之一王勃，一句“鹰风凋晚叶，蝉露泣秋枝”，写得荡气回肠，秋水长天。

夏生秋逝，知了引发人们秋愁秋悲。“寒蝉凄切，对长亭晚。”“高树蝉声入晚云，不惟愁我亦愁君。”“世间最有蝉堪恨，送尽行人更送秋。”“红树蝉声满夕阳，白头相送倍相伤。”这边于谦“却怪蝉声惊客思，不容蝶梦到吾乡”。那边贾岛兴致盎然，“新蝉忽发最高枝，不觉立听无限时”，忽然“正遇友人来告别，一心分作两般悲”；以至后来竟情感入微，落笔凄然：“病蝉飞不得，向我掌中行。”倒是杨万里跳脱一些：“蝉声无一添烦恼，自是愁人在断肠。”

《庄子·逍遥游》：“朝菌不知晦朔，蟪蛄（知了的一种）不知春秋。”知了生命短促，唤醒人们强烈时间意识。陈子昂：“玄蝉号白露，兹岁已蹉跎。群物从大化，孤英将奈何。”杜牧：“火云初似灭，晓角欲微清。故国行千里，新蝉忽数声。时行仍髣髴，度日更分明。不敢频倾耳，唯忧白发生。”

超然高洁的知了，承载着诗人们心头愤懑情绪的释放。李商隐“本以高难饱，徒劳恨费声。五更疏欲断，一树碧无情。薄宦梗犹泛，故园芜已平。”元好问哀婉惆怅：“轻明双翼晓风前，一曲哀筝续断弦。移向别枝谁画得，只留残响客愁边。”

知了用歌声为人们消暑之时，却有他物在其后蠢蠢觊觎，成语为证——螳螂捕蝉，黄雀在后。岂止螳螂，“牧童骑黄牛，歌声振林樾。意欲捕鸣蝉，忽然闭口立”；“仲尼适楚，出于林中，见佝偻者承蜩（知了），犹掇之也……虽天地之大，万物之多，而唯蜩翼之知；吾不反不侧，不以万物易蜩之翼，何为而不得。”圣贤庄子，竟由此得“道”：“用志不分，乃凝于神。”

“金蝉脱壳”。“初离何处树，又发去年声。”知了羽化蜕变，意味着重生与延续，人们遂以“蝉联”形容荣誉的保持与发扬。

我曾作过一首五言诗：风吹一叶落，人间便惊秋。游子回望处，蝉鸣寒高柳。后来读到“蝉噪林逾静，鸟鸣山更幽；此地动归念，长年悲倦游”，不禁惊叹南朝王籍发声独特，绝唱千秋，遂弯下腰来深深地鞠躬，向古人献上一礼！

“生如夏花之绚烂，死如秋叶之静美。”知了，集天地万物精华的灵虫以至“德虫”，陆机《寒蝉赋》中有：“头上有緌，则其文也。含气饮露，则其清也；黍稷不享，则其廉也；处不巢居，则其俭也；应候守常，则其信也。加以冠冕，取其容也，君子则其操，可以事君，可以立身，岂非至德之虫哉？”骆宾王心中的知了“声以动容，德以象贤。故洁其身也，禀君子达人之高行；蜕其皮也，有仙都羽化之灵姿。候时而来，顺阴阳之数；应节为变，审藏用之机。有目斯开，不以道昏而昧其视；有翼自薄，不以俗厚而易其真。吟乔树之微风，韵姿天纵；饮高秋之坠露，清畏人知。仆失路艰虞，遭时徽纆，不哀伤而自怨，未摇落而先衰。闻蟪蛄之流声，悟平反之已奏；见螳螂之抱影，怯危机之未安。感而缀诗，贻诸知己。……”

知了，知了！

红鸽子

突然很想养两只鸽子。

童年的时候，就很喜欢鸽子。那时是在乡村，一听到鸽哨声，心就激动起来，就像村外那条解冻的小河，就像一夜间变得松软湿润起来的泥土。许多说不清的想法，就像一只挨着一只的鸽子，扑棱棱地飞出心窝，飞向鸽哨声荡漾的蓝天。至于鸽子与和平，毕加索与衔着橄榄枝的鸽子，那是后来到了都市里听说的。

这样想着，就特地来到鸟市。

鸟市只在星期天才有。鸟市很热闹，像乡下的庙会，密密麻麻地挤满了人。“红火不过人看人，热闹不过人挤人。”人声和鸟语嘈杂，交响成一波一浪的旋律。

我侧着身子，一左一右地向前挤着，突然我的心咯噔了一下，嗬！红鸽子！前面一株白杨树杈上，挂着一个用铁丝网织的鸟笼，里面有两只毛色金红的鸽子，使满笼子的其他鸽子黯然失色了。

挤到鸟笼前，我的腿就像生了根，直愣愣地立在那里。在乡下养那么多年的鸽子，还没见过这般金贵的品种。鸽子一身的红羽毛，不带一根杂色，红得叫人心跳，红得使人不忍离去。

卖鸽者是个小伙子，快人快语，两个回合讨价还价，一雌一雄的红鸽子就归我所有了。

鸽子买回家后，我特地找装潢店的老板设计制作了一个鸟笼，镶着咖啡色玻璃，漆着古色古香的图案，造型别致，俨然一座豪华“别墅”。每天喂的鸽食，或是用牛奶搅拌，或是用鸡蛋调匀。

我怕鸽子恋家，找个机会飞走，就用红绸子把鸽子的翅膀缚住。鸽子就只能在阳台上略显笨拙地走来走去。数月之后，我为它们松了绑，还给了它们在阳台上飞动的自由。两只鸽子啄食回巢，很有规律，很是听话，我遂放了心。

一天下班回家，我与往常一样，径直来到阳台，然而，扑入眼帘的一幕却是“鸽去楼空”的景况。失去灵魂的鸟笼，用空洞的眼睛望着大脑一片空白的我。

仔细一看，阳台一扇窗户的插手松开了，松开的窗户在风的吹动下，像一个做错事的孩子，蹑手蹑脚地一开一合，仿佛在检讨自己的错误，说它没有尽到职责，被聪明的鸽子用爪子把插手拧开飞走了。

“忘恩负义”，我在心里对那两只红鸽子下了简短的评语，并决意再买两只。

又逢星期天，我再度来到鸟市。蓦地，我吃了一惊。红鸽子！那不是我的红鸽子吗？一种被捉弄、被欺骗的感觉陡生，我心中腾地冒起一股火焰，我几乎是蹦到那个卖鸽者面前的。

卖鸽子的小伙子被突然出现的我吓了一跳，他抬起头，旋即换上了一脸笑容："大哥，您别急，我一直等着你呢。实在对不起，这两只鸽子卖了又飞回来，已是第三次了。可我不是存心骗人，我也说不来，别的鸽子卖就卖了，再不飞回来，可它们不一样。我搬了家，它们还能找回来……这是您的钱，还给您。"

这时，我发现卖鸽者的身后，没有了铁丝网织的鸟笼，两只红鸽子在主人的肩膀上亲昵地落着。它们一定认出了我，两只眼睛一闪一烁，多少有些不好意思，嘴里咕噜咕噜地叫着，仿佛在说，对不起，对不起……

没有什么对不起的……

这两只鸽子你就好好养着吧……

以后我又去过几次鸟市，再也没有见过那个卖鸽者，自然也没见过那两只红鸽子。

赏析

本文紧紧围绕神奇的大自然，精心挑选了"小松鼠""松子""知了""红鸽子"四种生命体，从不同角度展现了大自然生命的无穷魅力，以及自然界多种关系和谐共生的美好境界。整组文章情感饱满，文笔摇曳，辞彩多变，淋漓尽致地抒发了作者对大自然的赞美之情。

而"多彩"无疑是整组文章的核心，突出地表现在整组文章的文体、内容、修辞、风格的变化上，这种多形式多风格的组合，也使文章如自然四季的变化——色彩绚烂，风光无限。

全文分别采用寓言、文艺随笔、小说的形式从不同的视角讴歌了童真的美好（《小松鼠的春天》）、生命的伟大（《松子成树记》）、生命与文化的关系（《知了》）以及自然万物与人之间和谐美好的相处（《红鸽子》）。细细读来，文章时而浪漫天真，时而顽强励志，时而典雅风趣，时而和谐温情，比喻、拟人、排比、引用等修辞手法信手拈来，点染其间，妙趣横生，情态毕现，美不可言。然而这一切又统摄于作者对大自然的无尽赞美之下，统摄于自然的“多彩”之下，真实地印证了古希腊哲学家亚里士多德的至理名言——大自然的每一个领域都是美妙绝伦的。

（山西省大同市云州区第一中学　李召）

李召，男，1977年生，山西大同人。任教于山西省大同市云州区一中，中学语文教师。系大同市骨干教师，大同市优秀班主任、优秀教师。

思维的花朵

1

“老师说你是伟大的科学家，世界上只有你发现了相对论。”

“不是我比别人聪明，只是因为我善于用立体思维来观察问题。就像一只甲壳虫在一个篮球上爬行，看到的世界永远是扁平的。这时如果飞来一只蜜蜂，它一眼就会看出甲壳虫是在一个有限的球体上爬行，因为蜜蜂的视觉是立体的。”

以上是爱因斯坦与儿子的对话。

比尔·盖茨说，想要成功，你还必须要知道该如何做出明智的抉择，以及拥有更宽广的思考力。

2

“一个不同的观点有时可以打开一个全新的世界。我们从不同的观点中看不到任何危险，只有可能。天知道当你用别人的观点看问题，你会看到什么。”

这是伦敦希思罗机场登机桥上的英国格言。

尼采说：“最平静的语言将带来狂飙，悄然而至的思想将引导这个世界。”“无花果从树上掉下来，它们新鲜而味美，它们在掉落时，鲜红的表皮裂开了。对于成熟的无花果而言，我就是北风。”

3

福布斯巨子、美国联邦快递公司创始人弗莱德·史密斯曾深入浅出、朴素而深刻地说，我最喜欢的一句话就是“万花筒式的思维”，我相信，这个词是《哈佛商业周刊》的前任编辑罗莎贝丝·莫丝·康特尔说的。她想用这个词表达的意思无非是说，如果你碰到了商业上的麻烦问题，就去转动万花筒，然后进行深思熟虑。有时候，或许你就会以稍稍不同的方式发现解决问题的办法，这个办法比传统的办法会好一些。

太阳下山了，晚霞如花，开满乡间小路。农民赶着一头牛回家，到了牛圈栏门口，牛脾气发作了，昂着牛头，绷着牛蹄，说啥也不愿进去。任凭百般强拉，直至用鞭子抽打，皆无济于事。无奈之际，农民看到旁边有一筐青草，思维的齿轮一转动，便顺手抓了一把，往牛嘴跟前一递，牛低下头，伸长牛鼻子闻一闻，遂用嘴叼起草来。吃着清香的鲜草，牛迈进了圈栏。

4

人为万物之灵，灵在何处？就灵在一个大脑，所谓心灵。心脑具有神奇无比的思想活力和能量。“精神恍惚，万念交错。”“精骛八极，心游万仞。”“观古今于须臾，抚四海于一瞬。”“笼天地于形内，挫万物于笔端。”“神思方运，万涂竞萌。”“寂然凝虑，思接千载；悄焉动容，视通万里；吟咏之间，吐纳珠玉之声；眉睫之前，卷舒风云之色。”

决定成败的因素多因多元，而在一定特境中，某一重要因素极有可能起到质变作用，于是就有“方法决定成败”“习惯决定成败”“情商决定成败”“性格决定成败”“细节决定成败”“语言决定成败”之说。白加黑的足球，给予教练米卢的启示是“态度决定一切”。

不，追根溯源，方法、语言、习惯、态度，都决定于思维。什么样的思维决定什么样的言谈举止。

思维决定一切，包括决定成败。思维孕育思想，思路导引出路。

思维的色彩，就是你生活的色彩，梦想的色彩。

思维，博弈思维，才是一把打开人生成功之门的金钥匙，才是我们向世界亮出的创造美好生活的最初凭证、原始依据。

5

民间许多寓言、童话都是开启思维的锁钥，是关于思维的传世读本。

《太阳和风》的故事：一天，太阳与风在一片白云上相遇了，它们都以各自的优长而荣耀气盛，互不秉服。恰好白云下面有一人走过，于是太阳与风决定做一比试，看谁能让此人将衣服脱去。风当仁不让，呼呼地刮了起来。云下之人觉有风吹，便把衣服的扣子系了起来。风急了，加大风力猛烈吹动。可风越大，那人就越是将衣服紧裹，裹得像一个密封严实的椰子。一旁的太阳笑一笑说，看我的。只见太阳向云下之人轻轻地发散热光，那人便松开了衣服。随着阳光渐强渐劲，云下之人大汗淋漓，一会儿便索性像剥橘子那样将衣服一件件地脱了下来……

风的吹力强不过太阳的拉力，决定树木方向的不是风，而是太阳。

6

“白也诗无敌，飘然思不群。”杜甫对李白的解读，一语破的，切中命门。无敌诗人无敌之密码，在于“思维”的卓然独秀。

“头脑风暴”一词，向我们强调和渲染了思维在生活天平上的重要性，揭示思想在人生地平线上的神奇与伟大。

一筐子苹果，如果发现腐烂时，至少有两种吃法：一是先挑好的吃，烂的扔到一边；二是先捡烂的吃，最后吃一肚子烂苹果。当然最好的办法是科学保鲜，交给适宜的温度储藏，让每一个苹果都远离腐烂。

今日时代，人们冠以信息时代、高科技时代、知识经济时代等多种名目，然而首先是思维时代。关注思维，研究思维，亲近思维，创新思维，打开一扇扇思维之门，比任何时候都更显迫切。因为市场经济浪潮不仅仅猛烈冲刷着物质的世界，也激荡着人们的精神领域。

一切都好像翻了个个儿，一切又都好像刚刚开始……

7

改变世界的最初和最终的力量，都不会是别的，而只能是思想。

黑格尔:“人是靠思想站立起来的。”“一个深刻的灵魂,即使痛苦,也是美的出处。”

拿破仑说，世界上有两种力量，一为剑，一为思想，而思想比剑更强大。

雨果说，一支军队可以抵抗，但一个成熟的思想无法抵御。

袁世凯最害怕两支笔，一支是梁启超，一支是章太炎。他说，这两支笔，笔力千钧，抵得上几个师的军队。

爱默生说，怎样思想，就有怎样的生活。

费希特说，争得胜利的既不是臂膀的强壮，也不是武器的精良，而是心灵的力量。

联合国教科文组织总部大楼前有一块石碑，上面用多种文字镌刻着一句话：战争起源于人之思想，故务须于人之思想中筑起保卫和平之屏障。

人类一思考，上帝就发笑。不管这笑是嘲笑还是赞美，我们都不能让大脑荒芜，不能放弃上帝赋予我们思考的权利。思考，是我们作为大写“人”的独一份天然资源，是我们人格不断净化升华的永动机。没有经过思考的日子，就像杂草丛生的田野，是不值得过的。思考，唯有思考，才是我们生命意义的最好诠释，才是我们文化存在的有力证明。

问：是什么点亮广袤的夜空？

答：繁星。

问：是什么点亮人类精神的天空？

答：思想。

问：繁星与思想谁更永恒？

答：思想。

清晨的风吹散葡萄般密集的繁星，却吹不落人类精神园林里的智慧果。

比河流走得更远的是风，比风走得更远的是人类的语言，以及语言承载的人类的思想。

8

人类认知史、文化史证明，重大理论及科学发现、技术发明，首先取决于方法创新和思维革命。从古代的原子论、整体论到近代的归纳论、演绎论，直至后现代主义和20世纪流行的直觉论、否证论、虚构论、建构论、反归纳论、多元方法论，怀疑法、虚拟法、建构法、模拟法、反驳法、试错法、科学游戏法、猜测假设法，赛博虚构、科学虚构等发散式思维、创造性思维、非理性思维、非逻辑思维……人类精神的天空，画出了一道道飞跃与变革的彩虹。

弗兰西斯·培根发明的科学实验催生了近代科学的分娩；牛顿将归纳法与演绎法相结合，实现了科学史上“金风玉露一相逢，便胜却人间无数”的第一次大综合；康德的“三大批判理论”加速了德国古典哲学车轮的隆隆滚动；马克思在对腐朽普鲁士制度和资本主义做批判的基础上，创建了科学社会主义的宏伟大厦；叔本华对黑格尔绝对理性的背离孕育了现代人本主义的诞生；海德格尔对久被遗忘的本原性存在和在世之人的追寻产生了迄今仍如日中天的存在主义；从1901年诺贝尔奖设立起，约70%获奖者的成果里面都闪烁着创新思维的奇光异彩。2008年，诺贝尔物理学奖获得者贾埃费说：“思维每向前一步，就会有无限的可能性。”

心理学家统计，一个人每天大约放飞5万个（次）想法，那情景犹如一只只彩色气球，或像池塘里蒸腾的气泡，在阳光的照耀下，五光十色，斑斓迷人。

9

怎样看世界，就会得到怎样的世界，世界就会怎样走近你。——我见青山多妩媚，料青山见我应如是。

精神与物质相互转化变换，思维乃转换的金色轴心。

海水说，火焰，我因你而碧，为你而蓝。

火焰说，海水，我为你而燃，因你而红。

海水说，只要你不灭，我就是永远的碧、永远的蓝，火焰。

火焰说，只要你永远蓝，我就是不变的燃、不变的红，海水。

警惕：高科技的发展，生活的日益智能化，使得机器愈来愈像人，人愈来愈像机器。人的思考权利和能力，被机器一天天地剥夺着，吞噬着，电锯呼啸，木屑纷飞……

10

就思维本身诠释与界定，其当属于心理学、方法论范畴，甚至闪耀着工具色彩。或以运行方式或模式解读，兴许更为恰当。思维毕竟不是机械的工具，其具有活跃和强烈的能动性。它不仅需要理念、观念形态的支撑，而且在运行过程中，由于其立体性、结构性、方向性、纬度性、层面性，常常需要校准、纠偏、调谐、拨正，必须及时注入必要的价值营养，作为形成、改变和导引思维运行的力量。由此决定了这里的思维，是一般思维概念的放大，是一个万花筒样的形态，是思维之光的聚焦，包括对思维方向的探寻、思维性质的把握，甚至对思维的思维。它能动地包含了两类：一类是动词，指向思维本身（文本），属于方法论；一类是名词，倾向思维的指导理念，属于世界观和意识形态范畴，如结构观念、绿色理念等。

11

青少年时光是一段思维自由飞舞的流金岁月，全景式立体态绽放思维，一生受益无限。性格决定命运已改写为思维改变命运；思维强胜者为王；两强相遇思维强者胜。世界的竞争聚焦于人才，人才论剑雪亮于思维博弈。有人喊出了“比财富更重要的是思维方式”的强音。

思维是撬动理想的神奇杠杆。理想没有恒定统一的色彩，是一座万紫千红的百花园；理想没有整齐划一的标准，只为独特的、个性的你自己的印鉴留白。我们每个人要做的，就是能动地旋转万花筒式的思维，全力演奏好自己的理想进行曲。

赏析

“每个人现在的一切，都是每个人自己思维之花的结果。每个人的世界，每个人的生活，都是自己思维的观照、回应与画图。”这两句话出自作者的《思维照亮生活》，用来解读本文的题目“思维的花朵”再合适不过。

本文是一篇小品文，开头爱因斯坦与儿子的一问一答，比尔·盖茨的话语，给读者亲切真实的感受，易产生共鸣，突出了立体思维观察问题可以使人获得成功，点明了思维的重要性。第2、3节中通过格言、万花筒式思维以及农夫和牛的故事来表明转化思维对生活工作的巨大指导意义，引用故事简明清晰，引人入胜，关照故事的合理性，使作者观点更具有说服力。第4、5、6节作者引用古代名言，将决定成败的因素一一列举，通过做比较，最终得出思维决定成败的结论。名人名言便于读者理解，更好地表达作者的观点；“太阳与风”“苹果吃法”的故事通俗易懂，生动形象，极富表现力，启示我们要打破传统，用逆向思维解决问题，要善于运用思维去科学地指导我们的生活。综上所述，作者引用名言、故事、对话等方式，向读者揭示了拥有思维的必要性和思维的重要作用。

第7、8、9节作者通过问答谈话和黑格尔、拿破仑、雨果等人的名言，说明思维改变世界；牛顿、康德、马克思等在运用创新思维认知历史，更加肯定了思维对人类认知重大理论及科学发现、技术发明的决定性运用，简明扼要地突出了观点；火焰与海水的对话，警示读者要用正确的思维去认识世界，指导实践。人类文明进步由思维推动，正确的思维造就和平世界，错误的思维则会带来战争与矛盾。叙述过程旁征博引，趣味盎然，吸引读者，发人深思。

文章结尾，作者进一步阐述了思维的范畴，语言生动又严谨，通俗又科学，将深奥抽象的“思维”通俗地展示给读者。同时作者点明了青年人拥有创新思维的必要性，随着当今知识经济时代的到来，国家更加需要有思维的人才，青年人应该能动地转动思维万花筒，演奏好自己的理想进行曲。

本文集科学性、知识性、趣味性、文学性于一体，具有很高的研读价值。

（山西省大同市云州区第一中学　赵丹）

写在人生的插页

第三辑

白云无尽时

天空何曾空？
灿烂日月星。
但因天空空，
方有霓彩虹。
天空终究空，
万物过眼云。
与云为伴，
与鹰为朋；
与山同体，
与天恒久。

太阳从桑干河升起

冬天，冰雪遮盖的桑干河，是回赠岁月的一段诗意“留白”。

太阳从桑干河上升起，一幕水墨丹青的日出。桑干河边看日出，听起来便是一件诗情画意的事情。

桑干河上的太阳，仿佛是拱破冰层，跃然而出。升起来的太阳，像一把火，点燃了蜿蜒的桑干河。沉默如两岸土地一样的冰面，霎时神采焕然、金光闪闪起来。

桑干河的日出，沸腾了桑干河两岸的村庄和人家：一声声鸡鸣争先斗亮，一汪汪犬吠此起彼落，一波波吱呀吱呀的开门声远近交响。

与日出呼应，每一户人家屋顶的烟囱，都冒出一柱乳白色的晨烟，袅袅婷婷，飘向高天流云，宣示一户人家新的一天开始。

女人喂猪喂鸡穿梭忙碌的身影，男人套马驾牛的剪影，孩子背着书包蹦蹦跳跳去上学的背影，叠加成生活中的一抹温暖底色，涌动着像桑干河一样奔腾向前的力量。

身边一户人家，大门半开。顺手推开来，走了进去。迎面是一座照壁，砖雕的“龙凤呈祥”图，活灵活现。

绕过照壁，五间青砖灰瓦的房屋，气象俨然。门楣一侧挂着一串红辣椒，借了晨光的明媚，将内心的热烈金红透亮地绽放出来。

院落一角，一穗一穗剥了皮码着的玉米，心中蓄满阳光的哺育之恩。黄闪彩耀，一粒粒饱满晶亮的玉米流溢着丰饶年景信息。

这一座层层叠叠小山样的玉米垛，就是一片厚实富足的阳光。玉米垛守着一处院落、一户桑干河人家，在塞上寒冷的冬夜散发着暖暖的温热和光亮，守护着主人来年的梦和歌唱。

牲畜圈里的那头黄牛正是壮年，心事在田野，因闲得发慌，见女主人走过，便一边使劲甩动尾巴，一边哞哞哞地叫着表达情绪。女主人朝它笑一笑，说：“不要性急，春天已经在回来的路上了。田地一解冻，你要忙不过来的！”

走出这户人家，见得东邻大门吱然而开，新花吐蕊，走出一个年轻的女人。

女人着一件橘黄羽绒衣，系一条毛织红围脖。前几天落过一场雪，眼下阳光增彩，冰雪烘托，女人步摇一片动人春色。女人走出得巧，才迈了几步，偏偏与快嘴大嫂迎头相遇，就“遇”出了一角街景风俗画：

“哎呀，大妹子，这日头可是打桑干河西面出来了！瞧瞧人家，穿扮得像一个上花轿的新媳妇！啧啧，这羽绒服一定是名牌的，电视里倒是看到过……”

“咯咯咯咯……”回应是一串率性爽辣的笑声。这笑声，像晨光穿彻冰面，像玉珠落入银器，一听就是桑干河人家的女人。

“北村二姨家的大小子，今天有姑娘要来相亲，要我早点过去，帮衬帮衬，说合说合。”说罢，年轻女人又甩出一串欢笑。

快嘴大嫂的好奇心显然没有得到满足，忍不住用羡慕的眼神，在大妹子的羽绒衣上来回勾了几圈。方要走开，蓦地想到了什么，快嘴大嫂又可着嗓门喊道：后晌早些回来，别误了城里艺术家要来村子里唱戏！

快嘴大嫂，另一款的桑干河女人。

哪家院落飘出敞亮奔放的唱腔：晋剧、北路梆、河北梆子、罗罗腔，耍孩儿……不论哪一个曲种，我相信都是桑干河的回声。

一方水土养一方文化。一方文化养一方人。一方人养一方历史与未来。

我们以行走的植物形式存在着。

河流、土地、太阳，是我们家园古老的徽标，是我们生命永远的根脉与依附。我们把多少欢乐与痛苦、憧憬与悔恨种埋进土地，洒沉入河流，晾晒在太阳之下。

人不可能两次踏入同一条河流。桑干河每天都是新的。

河床的宽窄，取决于河水的流量。只有博大深邃的河流，才能开辟出河床的宏阔与悠远。而河流悠久的历史，更有回味无穷的绵长。

历史是过去的现实，现实是正在进行的历史。现实活在历史旋律中，历史活在现实的歌唱里。

告诉我，头顶的白云，太阳是从哪一个早晨开始升起在桑干河上？那么我要说，桑干河的太阳，是从桑干河的历史源头升起。

日月经天，江河行地。所有人类文明皆发端于河流文明。

多元民族文化交融成中华民族灿烂星汉。中华民族的文明巨流，交汇着黄河文明、长江文明以及桑干河文明的宏大奏鸣。

桑干河细石器文明之光，在人类文明发祥史上灿然流照。古雅陶瓷的花纹，萦绕着早期桑干河人的心韵与想象。

桑干河曾经掀起万丈惊涛骇浪，为黄帝“涿鹿大战”击鼓奏乐，添壮声威。狂野壮美的桑干河，不仅灌溉着肥沃丰饶的两岸土地，而且浇灌了茁壮茂盛的北魏政权，孕育了元明清京都的锦绣繁华。

花木兰桑干河边梳妆；太武帝桑干河畔饮马；李自成挥鞭断水，顺了桑干河浩荡闯入北京城，一举将明王朝王冠打落在地……

云冈石窟雕凿的图案里，流动着桑干河的波纹；故宫台阶凝结的汗水中，泛动有桑干河浪花的澎湃。

滚滚不息的桑干河，波扬多少商贾船帆，浪翻多少雕花舟楫；流淌了多少日月的光华和暗影，映照了多少历史的荣耀与咏叹……

天上星河，地下江河，天地间书写一部浩浩自然史与皇皇人类史。

自然史是人类史的巨大背景。自然史不仅先于人类史流淌，而且穿过现实向未来奔腾不息。人类史片段地不可避免地融进某些自然元素，并汇入自然史的洪涛之中。

人类是自然发展到一定阶段的必然产物，或许就像恐龙和鱼，只是自然史的一束插花、一抹流云。每一个生命，都是江河奔腾的一脊波浪，掀起而又沉没，呼啸而又缄默。

人的血脉连通天、地、水脉。人的天性折射河流的水性。人的生命基因藏着河流的基因密码。再没有比河流更像人的生命了，正如再没有比海洋更像社会生活。

生命就是一条河流。河流史就是生命史。

河流与太阳一样，是上帝恩赐人类最宝贵的礼物。人类须臾不可与水和河流分离，正如一刻也不可遗忘阳光。

水，是最稀缺最宝贵的人类资源。

土地产出、水量供给，与人类消费的黄金比值，应为人类最基本的也是最大最深刻的资源配置。

缺水的绳套日益勒紧在人类的脖子。当河流成为传说，人类距离挽歌响起还有多远!

万物尊道，道法自然。敬畏大自然，保护水资源，先从保护好我们家门口的河流开始!

桑干河，母亲河、生命之河。守护你，就是守护我们的家园与幸福、梦想与未来。

明天，太阳照样从桑干河升起。

明天的桑干河更美好!

明天的太阳更鲜红!

赏析

文章综合运用了多种表达方式。作者开篇点题，描绘了太阳从桑干河上升起的阔大景致。瑞雪留白，水墨丹青。太阳仿佛拱破水墨丹青而出。太阳冉冉升起，暗示了时间的推移。日挂中天，似火把，点燃了桑干河，让沉默的冰面焕发新颜。拟人修辞的运用，使景致富有了生机和活力。作者聚焦太阳这一意象，集中笔墨描绘了太阳冉冉升起的动景，为下文叙写桑干人家营造了蒸蒸日上的诗意氛围。

两处对话使文章活色生香。人牛对话，不露痕迹地让人感知到春回大地、万物复苏、其始播百谷的境况。俏女子与快嘴嫂的对话，令人叫绝。俏女子步摇一片春色，快嘴嫂满眼羡慕。对比中，不同款的桑干河女人性情毕现。桑干河上冉冉日，人家女子照屋梁。景因人设，人景互衬，一片欣欣向荣。

一条桑干河包容宇内、包罗万象。议论是本文的华章。作者思接千载，由河流联想到历史、文明、生命、自然。议论，层层递进，不断深入。河水奔流，历史演进，文明孕育，生命不息，自然法则，行文繁而不乱。最后，作者以“太阳从桑干河上升起”来缩结全文，首尾呼应、结构严谨。

人事景情文骨肉，描叙抒议各自妙；景因情设两交融，托物寓意理明了。

（山西省大同市北岳中学　杜永红）

黄河交响诗

黄河魂

注定了，你是一条流光耀金的河流，黄河！

浩茫无垠的寰宇，悬浮着一片神奇的黄土地；黄土地上生生不息着一个黄皮肤的民族；黄皮肤的民族，啜饮着一道被黄土地染黄的河水；黄皮肤民族的祖先黄帝，“以土德王，色尚黄”。赤橙黄绿青蓝紫，七色之黄，太阳之光、向日葵之彩、火焰之芒、金子之烁。温暖、中正、包容、和融……

穿越不同境域，黄河绘塑一廊气象万千的画屏：或开张，或窄流；或越野，或穿峡；或湍急，或舒缓；或大潮，或微澜……曲时洋洋大观，弯处沃沃丰田。而流至晋陕壶口一带，两岸苍山夹峙，千米平阔舒展的河面，兀然极度收缩，瞬间聚束为几十米的“龙槽”。惊涛骇浪，狂卷骤涌，翼然飞悬一挂世界最大的黄色瀑布。仿佛曾经的万里曲折奔流，就为创造此刻这一道辉煌与神奇。

袖里乾坤，壶中日月。壶，《说文》注解：“昆吾（传说古代陶器业发明者）圆器也。”《公羊传》诠释：“礼器，腹方口圆曰壶。”壶口，河床以方见形，河岸围拢呈圆；更有飞瀑下切，裁一方矩形深谷巨潭，怒涛触底反弹，凌空绽放硕大一团蘑菇状紫云金气，端的是造化赐予人间的一把天壶神器！无论盛的是酒抑或是水，黄河之壶，只为上敬高天，下济苍生。

万里黄河一壶收，千古洪流泻一瀑。壶口瀑布，其状千波万涛，飞金溅黄，如火如荼；其势万马奔腾，百狮怒吼，金鼓雷震；其志长虹凌霄，水柱参天，若旌旗万面，猎猎呼啸；其情似一壶烈酒，壶盖砰然开启，云蒸气吞，芒焰白炽。壶口瀑布上空的太阳分外鲜红，光芒映照，瀑珠耀彩；水影焕烂，雄姿万千。即使山寒水瘦的冬日，壶口瀑布依然激情燃烧，波飞涛涌，壮色不减。瀑布周边，冰雕玉塑，金戈银剑，瀑布飞流遂愈显轰烈雄奇，一幅人间大美宏景。

壶口瀑布，高度浓缩黄河精神风貌，集聚释放黄河意志精髓。走近壶口瀑布，我仿佛领悟到了黄河的真谛，感受到了中华民族的天赋秉性，触摸到了华夏五千年文明和文化绵延不绝的密码。面对壶口瀑布，一种敬畏之情油然而生，周身仿佛汲取吸纳了无尽不竭的力量，顿觉远方从此不再遥远！

巨龙、母亲，不论如何比喻，黄河都是一个辉煌的存在。其以一根炎黄子孙坚韧的生命脐带，氤氲着五千年丰厚的文明；以一行豪迈激荡的青春诗句，飞扬着诗经汉乐府唐诗宋词的儒雅；以一条世界上最恢宏壮美的声带，轰鸣着一个民族情高志烈的心韵。而壶口，正是黄河铿锵激越的心脏、黄河鲜活高扬的灵魂、黄河澎湃不休的呼吸和黄河永恒搏击的脉动。

黄河风

山有山性，树有树性，河有河性。

不管世界上有多少条大江大河，我都要说，黄河的河性最为独特，就像黄河水一样夺目耀眼。

我多次看过黄河，读过黄河，品味过黄河。每一次站在黄河高高的岸上，急切的目光与那恢宏的水光一触碰，就会碰出一腔沸腾的豪情。仿佛按下一个钮键，一盏灯突然迸放出灿灿的光华，一瞬之间，我领悟到一次次被黄河打动、震撼、鼓舞的根由，就源于黄河与生俱来的河性，这一河性可以浓缩和概括为两个字：气势！

是的，黄河的河性在于生命的气势，一股扑面而来的雄美宏伟的气势。

气是万物的生命之根，小以草木蜂蝶为例，大以宇宙星系而论，都因气而孕生、存活，千姿百态。《老子》曰："万物负阴而抱阳，冲气以为和。"《庄子》云："人之生，气之聚也。气聚则为生，散则为死。"势为一物之能量，正如物理学上所说的"势能"，是一物内在品质和力量发散透射出的一片看不见的光芒。军队作战自古讲士气，讲军势，《孙子兵法》有个颇为生动的比喻，说在一座千仞山顶转动一块圆形状的石头，那就是"势"。中国辞典里"气势如虹""势如破竹""审时度势""气势磅礴"等一系列成语典故，都是对"气势"的不同形容和解释。

"黄河落天走东海"，"黄河远上白云间"，黄河之水来自雪山冰峰，天然地就拥有了雪莲、灵芝的高贵、圣洁以及不朽，带着雪域高原特有的狂野和奔放。而九九八十一曲的险途，又使她积蓄了浑厚包容的底蕴，千锤万炼出百折不回、气吞万里的独特秉性和气势。

天道酬勤，厚德载物。黄河气势是黄河的青春、黄河的魂，她世世代代鼓舞着黄河儿女添柴加薪、奋发图强，使中华民族的文明之火越燃越旺。

我常常在情绪低落时看一眼黄河，领略一下那汹涌激荡的气势，顿时，浑身就升腾起一股火火的激情和力量，我把这样的体会和感受诗成一句人生的激励，书写在生活的扉页：

把脚步迈得像波浪一样澎湃有力吧

我们的身后是永远的黄河……

黄河韵

有一年，我赶上了黄河破冰，心里飞出一个明媚又悦耳的词——春之声。

阳春三月，草长莺飞，杂花生树，那是江南写照。在北方，在黄河，三月仍是一片沉静，一派按兵不动。分明是埋伏了千军万马，却看不出一丝一毫的动静，“这里的黎明静悄悄”。有时静得直叫人心里发慌、发毛，甚至有点儿疼痛。

终于有一天，或许是正午，或许是在傍晚，黄河开始阵痛了，黄河孕怀的春天就要分娩了。黄河阵痛是惊心动魄的，黄河之春的分娩让人牵挂得夜不能寐。整整孕育了一个冬天的黄河春水，生生地胀痛了蛇一样弯曲的河床；一浪浪的牙齿，尖锐地撕咬着厚厚的冰层；冰面上明亮亮地浮着一层热气，经了阳光的笔墨，像一朵朵紫烟，袅袅然开合聚散。这时你如果是在冰上站着、走着，就端端地应了“如履薄冰”的感受，你会感到脚下踩着的冰，好像一根琴弦在微微发颤，颤动得你的心都快要跳出来……一个湿漉漉、活泼泼的春天，像一条金鱼，随时会跃出水面，以蓬勃盎然的生机，刷新人间。

“轰隆——”，黄河破冰之声，像一声春雷，宣告了中国春天的诞生。

钢化玻璃似的冰河，被生生地撕开长长的裂口，一道、两道……像叶脉状，像树冠形，像根须样，像蛛网图像分叉的曲径，像一面银质的镜子被击碎……那碎裂的冰块，或巨硕，或玲珑，你挤我，我推你，满河地碰撞着、交叠着、响亮着，其势如千帆竞发、百舸争流，蔚为壮观。火辣辣的黄河春水从冰缝里喷溅出来，像早晨的霞光一样鲜嫩炽烈，温暖地照耀着每一寸天空和土地，歌唱着所有的希望和美好，打湿干燥的时间和人们焦灼的期待。

冬小麦眨一眨惺忪的眼睛，白桦树伸一伸柔软的筋骨，三叶草轻浅地唱起歌谣，深棕色的蚯蚓缓缓地蠕动身体。谁家的小马驹跑到田野上撒欢儿？哪家的灰毛驴在院子里一边打滚儿一边欢叫？从一树枝头跳落到另一树枝头的，不是恼人的麻雀，那是忙着播音的布谷鸟……拉门声、开窗声，鸡鸣声、狗叫声，口哨声、鸽哨声、柳哨声，男人的咳嗽声、女人的吆喝声、邻居间的对话声，农具碰击的金属声，学校的响铃声，孩子们的欢笑声……汇织成春满人间的交响乐。

黄河破冰，是人间最雄美宏灿的春之声，江南的万紫千红都好像是为黄河之春铺垫、渲染和前奏。从黄河破冰那一刻开始，中国的春天就真正地降临了，一场春天的好戏，拉开了恢宏壮美的大幕……

黄河颂

黄河日出，是黄河万千胜状的点睛之笔。

天色透出船帆一样的白，我来到黄河岸畔一处高高的塬上，顺着黄河东去的身影，远望河天相衔的一线，静候日出的辉煌与宏美。

晨霭中的黄河，流波无声，载着两岸静谧的村庄，仿佛梦境。我弯腰捡起一颗苹果大小的石子，使着劲儿，朝黄河的中流甩去，幻然听得“砰”的一声，却分明未见到一瓣浪花——黄河是如此沉静和深邃，以至于远远超出我的想象。

河天吞吐之处，帆样的白渐呈一扇宝石般的红艳。俄顷，随着扇面缓缓收拢，宝石红徐徐然浓烈深重起来，红得像中国传统的年夜，红得像我胸中一团澎湃的激情，直至红成一炉冲天的焰火。焰火的曲线和纹路分明，呼呼摇荡。兀然，红炉底部明灿灿地画出一道金弧。这金弧拔节而长，一寸一寸地攀升，一弯一弯地丰圆，我咚咚的心跳响过一百下，她已将那一炉焰火吸纳收回，生成一轮硕美无比的鲜红，轰隆隆地点燃沉睡的时间和空间。

静如处子的黄河，霎时跃动起来，九曲十八弯的巨大身躯，蓬勃地摆动着、奔突着、欢腾着、翔舞着……像一条见首不见尾的神龙。不，不是像，就是是——黄河就是一条神龙、巨龙、金龙。“一望平沙万里明”，那喷薄而出的红日，不正是黄河游龙光芒万丈的眼睛！

一条东方睡龙訇然醒来，无论怎样，都是一幕惊天动地的神奇和壮丽。

那么，与其说我在领略黄河日出，毋宁说是在发现一条金龙的诞生。

是的，黄河是一条龙河，一条金色的龙河。龙“是一种有鳞有须、能兴云作雨的神异动物”，“生于水，被五色而游”。黄河以金波黄浪为鳞，以腾腾蒸气为须，巨型的身姿，从天而降，耕云播雨，发祥人类，泽被天下。“黄河九曲天边落”，“黄河西来决昆仑”。黄河流经之处，沿岸多少地理风物，皆以龙而命名，遂连成一条蜿蜒而闪耀文化色彩的“龙带”：龙门、龙门山、龙门石窟、龙舟、龙山文化……《周易》和《尚书》分别有“龙马负图”的经典传说：“河出图，洛出书，圣人则之”；“伏羲王天下，龙马出河，遂则其文，以画八卦。”今本《竹书记年》也有“龙图出河，龟书出洛，赤文篆字，以授轩辕”。原来，黄河自古就是孕育龙马和华夏文明的神奇摇篮，是那两条阴阳鱼合欢而抱的生命家园。音乐般悠扬起伏的黄河沿岸，成为神农氏启蒙黄河儿女采桑养蚕、春种秋收的圣地和温暖之乡。

龙是中华民族古老的图腾，是中华大地上多民族古老图腾集中融汇的吉祥灵物，是中华民族文化肇端与衍展的象征。黄河，则是中国龙飞腾的雄姿化身，它博采千河之浪，兼容万溪之波，生生不息，浩浩长流，正是《诗经》所咏之景与《庄子》所状之貌：“河水洋洋，北流活活”；“秋水时至，百川灌河，泾流之大”，遂成中华民族不朽的精神之魂。我们脚下的这片黄色土地，黄土地上生长的金色麦穗和向日葵，我们特征鲜明的黄色皮肤，我们与生俱来的对金黄色彩的热爱，以及我们几千年来饱经风吹雨打的痛苦和欢乐，都与黄河这条金色的龙河，有着一种天然的如花与根那样关系的血脉相连……

黄河曲

黄河之曲，曲之黄河。这里的“曲”，是曲折的“曲”，而不是歌曲的“曲”，也不是藏语所指的“河”，——黄河在藏语里称“玛曲”，亦谓孔雀河。

黄河曲。多曲？——九曲。你听，黄河塬上飘来的民歌——

你晓得天下黄河几十几道湾哎？
几十几道湾上有几十几只船哎？
几十几只船上有几十几根杆哎？
几十几个艄公哟嗬来把船儿搬？
我晓得天下黄河九十九道湾哎！
九十九道湾上有九十九只船哎！
九十九只船上有九十九根杆哎！
九十九个艄公哟嗬来把船儿搬。
……

九在这里不是一个实数，而是一种虚指，一种形容。因为九是九位自然数里最大的数目，借此引发你对于黄河是多么曲、怎样弯的想象。还有，九也是中国传统文化中一个吉祥数字：九龙、九天、九州、九鼎；九九重阳节，九九艳阳天，严冬飞雪有“数九”的民谚，似水流年有“逢九”的民俗；屈原辞赋有名篇《九歌》《九章》。

道路须直，以求通达；流水多曲，以曲为美。王羲之《兰亭集序》有极为养眼养心的文字：“此地有崇山峻岭，茂林修竹，又有清流激湍，映带左右，引以为流觞曲水。”由此说来，曲，也可以理解为流水的一种特质、一脉灵性。

黄河绕过阿尼玛卿山南麓，挺进西北，泽被青海省，浩然开辟了第一个巨大的黄河河曲。之后，在青海湖修整一番，挥师东北，像一只山鹰，像一抹白云，像一朵漂移的雪莲，与青藏高原擦身而过，遂蜿蜒至黄土高原，天然地划出第二个开阔的河曲。黄河的每一曲、每一折，都会弯成一片沃野，馈赠人类做繁衍生息的锦绣家园。——那是黄河母亲温暖馨香的臂弯，是黄河母亲惠施人类的一份深情厚爱。中条山西南麓的晋西南河曲区域，是最早的黄河先民西侯度人发祥的摇篮和“诗意地栖居之地”。那里曾经林壑优美、蔚然深秀，岸芷汀兰、郁郁青青，羚羊麋鹿嬉戏出没，黄鹂百灵呼应唱和。今天黄河流域因“曲”而命名的垣曲县、河曲县、曲沃县、曲阜市……都是凭借黄河曲成的一方水土。

黄河之曲，不仅是黄河历史和生命流动的诠释与解读，而且是人类历史进程、社会发展脉络的形象化演示和揭秘。曲是一种方法、一种艺术，也是一种哲学。曲水善变，随方就圆，看似柔静，实则坚韧无比。退，为了进；曲，受命于直。直是黄河曲折前行的深刻力量，决定着流水迂回奔腾、柳暗花明的形态。就连那一河波浪，也都采取了抑扬顿挫、澎湃起伏的姿势，推进着与生俱来的梦想与向往。

黄河九曲，百折不回。“西岳峥嵘何壮哉！黄河如丝天际来。……巨灵咆哮擘西山，洪波喷箭射东海。”是的，黄河的形状和路线是弯曲的，然而方向、目标和追求却是明确的、亘古不变的，那就是迎着太阳，奔汇大海——蔚蓝色的希望与未来。

赏析

本文是一组激情澎湃的交响乐，以五个乐章赞美黄河。

第一乐章《黄河魂》，赞颂黄河的中正包容与辉煌神奇。作者开头便深情告白："注定了，你是一条流光耀金的河流，黄河！"一句深切热烈的感慨，把我们带到了黄河面前。从"黄土地——黄皮肤——黄河"引出黄河的色彩和光芒，让读者感受这饱含着"温暖、中正、包容、和融"的黄河魂。

第二乐章《黄河风》写黄河的磅礴气势。作者将河性概括为"气势"二字，以老庄的理论来解释"气"，用《孙子兵法》中的故事形容"势"，形象而深刻。最后点出黄河的气势带给人的力量和激励。

第三乐章作者将黄河韵解释为"春之声"，通过南北方春天不同的状态，对比突出黄河沿岸早春的特点，通过诗意化的语言和生活化的场景，点出黄河春天的真正底蕴，破冰时刻春天的到来，拉开了新中国的序幕，突出黄河孕育中华民族的历史贡献。

第四乐章《黄河颂》，以黄河日出来体现黄河的沉静和深邃，及其对民族精神的滋养。作者由黄河日出想到象征中华文化肇端与衍展的巨龙，借助《周易》《尚书》等经典进一步赞颂了黄河的壮丽伟大。

第五乐章对《黄河曲》做了明确的阐释。"黄河之曲"折射双层含义，既展示了黄河的风貌，也升华了中华民族的儿女与黄河一般百折不回、坚强不屈的不懈追求。

文章一气呵成，语言凝练精到，极富感染力。

文章多比喻、比拟、象征手法的运用。首先将黄河喻为母亲。"黄河开始阵痛了，黄河孕怀的春天就要分娩了"，用惊心动魄的阵痛来形容黄河破冰的震撼。"黄河破冰之声，像一声春雷，宣告了中国春天的诞生。"这样的象征手法升华了主题，高度赞扬了黄河在历史发展中的孕育作用。“冬小麦眨一眨惺忪的眼睛”，拟人手法形象生动地点出黄河春天的生机盎然。再如“与其说我在领略黄河的日出，毋宁说是在发现一条金龙的诞生”，将日出时分的黄河比作一条金龙，金龙又象征着几千年来饱经风吹雨打的中华民族，比拟、比喻、象征手法浑然一体，赞扬了黄河在历史文化中的伟大影响力。

大量的引用让文章文采飞扬。作者吸收了一些内涵深刻的传统经典来突出自己的观点，如：“壶，《说文》注解：‘昆吴圆器也’。”对《老子》《庄子》《周易》《尚书》《诗经》《九歌》《离骚》这些文学经典恰当的引用，精确地表现了特定的感情内容，生动涵厚，读来余味无穷。

凝练的文言词句均匀流贯，也让文章充满了古典美。如“袖里乾坤，壶中日月。”“气是万物的生命之根，小以草木蜂蝶为例，大以宇宙星系而论，都因气而孕生而存活而千姿百态。”宏阔而极富表现力。

诗意化的语言和生活化的画面是本文的另一大特色，如“钢化玻璃似的冰河——都好像是为黄河之春铺垫、渲染。”画面使人陶醉，诗意沁入人心。

（山西省大同市同煤一中　宋天利）

宋天利，男，1965 年生，山西大同人，任教于山西大同同煤一中，中学高级教师，大同市优秀教师，论文散见于国家多种期刊。

谁切开的苹果

一只苹果的色彩和曲线，自然是一种美，而把它切开来的剖面，将把你带入另一种美的境界。这是我穿越太行大峡谷时，心中生发出的联想。站在山脚下仰视或登上山顶俯瞰，蜿蜒险峻，秀美雄奇，都是山势表象的一种浅读和粗阅。只有深入峡谷，才可能走进山的内部世界，倾听到山的阴柔心韵。

太行山，从愚公移山的历史传说中移动高大的身影贴近我，我承认了他是一个父亲的形象。当我在一个秋日步入太行大峡谷时，却突然觉得沐浴在一片母性的光芒里。

深秋的太行大峡谷，花淡叶瘦，树简枝疏。两壁峭岩上的树木，不时被山谷的风吹动，落叶如蝶，在水面闪烁。一只红尾巴的小鸟，飞上飞下，箭来箭去，与其说是在不厌其烦地丈量太行山的高度，不如说是在向我们反复诠释峡谷的深邃和隐秘。有意思的是，这种珍奇之鸟，我在九寨沟也曾见到过。九寨沟与太行山，一个在川西，一个在晋东南，南北自然条件差异巨大，这种鸟在展现生命力强劲的同时，分明也暗示了“峡谷”和“沟”之间存在某种相通之处。

太行大峡谷，是一个峡谷群：黑龙潭、青龙潭、八泉峡、红豆峡、万佛山、紫团山……山无寒意，各峡的水却丰沛肥茂。滔滔峡水，若一根根脐带，牵动着我的脚步，更牵动着我的想象。沿着峰回岩转的太行大峡谷一路走去，忽而如坠一口深幽的古井，井口唯见一丝半缕的云影流过；忽而又被裹挟进一道弯曲的山缝，天空窄如一线星光；

忽而柳暗花明，眼前一片豁然开朗，无限明媚……如果山有阴阳之分，那么峰峦为阳，雄性气质彰显；峡谷属阴，女性特征昭然。走在太行大峡谷，一种回归母体的神圣感和静穆感久久地在我心中激荡。你若看了太行大峡谷群象征女性标志的“女妖洞”，自然会深信我的这一说法。峡谷的阴柔，托起山石的阳刚；峡谷的幽邃，映出山体的伟岸；峡谷的垂直深度，一定是岩壁如切如削的高度……

走出黑龙峡，谷口有民居俨然排列，遂择一家叩门而入。此处住一宿仅需十元钱，风味饭菜极便宜。我便与同行之友相约，明年一定来这里住些日子。说话间，民家灶台锅里的面条煮开，女主人真心实意地留我们吃饭，我们深深感动，谢绝。她送我们出门，忽然想到什么，转身又进到屋子，捧出一大把鲜红的山楂，说是刚从院子里那株树上摘下来的，送给我们路上吃。从她那每道皱纹都流动着慈祥的脸上，我读出了久违的母爱，甚至，在一瞬间，她几乎幻化成了我母亲的模样。

一只圆润柔美的苹果，是一度春秋的结晶；一道深邃如历史的峡谷，因包容亿万年时光的雕刻，积淀了母性般博大厚重的慈爱……

赏析

《谁切开的苹果》，其实是“联想”，她直接指向太行大峡谷的具体。如果说这种联想是一只大鸟，那么它的左翼是“山”，巍峨成父亲的形象；它的右翼是“谷”，沐浴着母性的光辉。尤其“在一个秋日步入太行大峡谷”，更能有深切体会。

作者着力叙写了大峡谷母性阴柔的美。首先，是一只红尾巴小鸟，“在向我们反复诠释峡谷的深邃和隐秘”；当真正走在大峡谷，时时处处感受到的是“一种回归母体的神圣感和静穆感”；走出黑龙峡，民居的女主人捧出“鲜红的山楂”，她“每道皱纹都流动着慈祥的脸”，分明是母亲的博大无私宽厚如海。“我读出了久违的母爱……她几乎幻化成了我母亲的模样。”至此，作者的情感，文章的主题，都得到升华。

作者以劲健瑰丽的笔墨，为我们描绘了太行大峡谷撼人的美。手法上，既有俯仰视角的变化，又有色彩动静的转换。为了突出大峡谷阴柔的博大，作者用词遒劲而俊朗，充满了力量感。“花淡叶瘦，树简枝疏”，是一种简净向上的力量；“落叶如蝶”，小鸟“箭来箭去”，是一种活泼的生动力量；峡水“丰沛肥茂”，“若一根根脐带”，这丰满奇特的想象，更是一种汩汩不断、滔滔不竭的力量。对峡水的铺叙描绘，成为本文写景的经典，排比句连用“忽而……忽而……忽而……”充分展示了峡水变幻多姿的流动美。

当然，文章的美不只是思想的宽阔，也不只是写景的雄美，还体现在哲理思辨的美。“峡谷的阴柔，托起山石的阳刚；峡谷的幽邃，映出山体的伟岸；峡谷的垂直深度，一定是岩壁如切如削的高度……”对于山谷阴阳辉映的思辨，充满了中国传统美学的独特思考，让我们想到易经、太极与乾坤，想到自强不息、厚德载物。真正的好文章，总是能启发读者发散式的联想。

文章结尾呼应开头，回到题目——谁切开的苹果。苹果，是一个完美浑圆的结构容器，象征太行山与大峡谷，象征父亲和母性，象征阴阳和谐如一。

（山西省大同市云州区第一中学　宋晓芳）

河东曙光

河东，黄河之东缩称。

黄河天水，乳汁中国。《尚书·禹贡》最早文字记载黄河：“导河积石，至于龙门。”“积石”为黄河古源，黄河之源亦称“玛曲”，藏语之意“孔雀河”。黄河飞流巨斧，劈黄土高原一道峡谷，左岸为晋，右畔为陕。黄河天水顺晋陕峡谷而泻，金涛狂澜，气象浩荡。

黄河龙腾而出晋陕峡谷，喘一口大气，舒展一下筋骨。河面豁然阔展，静水深流。船夫吼一嗓信天游：三十年河东，三十年河西……

龙门，连接晋陕峡谷的古道渡口。龙门山和黄龙山夹峙，两山中间巍然开张一扇巨门，黄河天水遂破门而出，巨浪腾空。

黄河飞越龙门之后，若一条鲤鱼摆动腰身，向东弯一个金三角，人谓河东福地，乃一片历史文化浸透的土地。先秦之时，河东与“河西”相对而称，即今运城地区；秦汉设河东郡，境域显著放大，东至今山西沁水县，北至霍山，西、南以黄河与陕西划界，包括今临汾、运城地区；唐宋“河东道”“河东路”再度扩张，辖管几近今山西全境，以至史上“河东”常被用作山西代称。

中华文明与华夏大地上国家起源、形成、发展，彰显鲜明色彩——多元一体化。《说文》释：“华，荣也；夏，中国之人也”；顾颉刚解释：“居于华水、华谷旁边的先民，曰华族。”华谷、华水，皆流过今河东稷山境内。“中国”初为中原特指，华夏概念与“四方”“四夷”相照对应。“裔不谋夏，夷不乱华。”（《左传》）“用夷变夏。”（《孟子》）“四夷交侵，中国微矣。”（《诗经·小雅》）民间传真：华夏始祖轩辕黄帝曾统领部族活动于河东一带，其夫人嫘祖即夏县西阴村人。

有学者说，横贯山西省境域的三条纬度线，以重大历史意义，刻录于中国地理版图：北纬38度线，农耕文明与游牧文明分界标识；北纬41度线，与蜿蜒长城吻合，线北即是孤烟直上的大漠；而北纬35度线，铺展一片中国人类早期文明发祥之地。尧舜都邑之地，乃“中国”最早的地理概念。“中国践天子位焉，是为尧舜。”（《史记·本纪》）尧都平阳（今临汾）、舜都蒲坂（今永济）、禹都安邑（运城盐湖区），皆星散于北纬35度线的古河东。

“以炎德王，故号炎帝。”（《帝王世纪》）中华民族始祖神农氏炎帝，将燧人氏发明的火运用于生产与生活之中，终结了人类“茹毛饮血”的时代；发明五谷，制造农具，教人播种，奠定华夏吃五谷杂粮的饮食习惯，开创了农耕文明。受炎帝之封的黄帝，“守其先茔，以奉神农之祀”。“先茔”即中华第一陵炎帝陵，位于今山西晋城高平市东北庄里村，俗称“皇坟”，乃华夏子孙圣祖之根。

唐虞，唐尧虞舜之并称。《史记》援引《宗国都城记》：“唐国，帝尧之裔子所封，汉曰太原郡，在古冀州太行恒山之西，其南有晋水。”《汉书·地理志》：“晋阳（即今太原）本唐国，尧始都于此。”《诗谱》：尧始居晋阳，后迁河东。

唐叔虞，周武王姬发之子，周成王姬诵之弟；母亲王后邑姜，乃齐国开国君主齐太公吕尚（姜子牙）女儿。周成王将唐地分封于其弟叔虞，叔虞遂成为唐国国君，故称唐叔虞。初，叔虞手掌心布有“虞”字纹路，周武王为之取名为虞。《吕氏春秋》《史记》皆记有“桐叶封弟”之事：一天，与叔虞闲暇踱步，周成王随手摘下一片梧桐叶，削成圭玉形状，交给叔虞说：“我拿这个分封给你。”叔虞很是高兴，即告此事于摄政国事的周公旦。周公旦遂找周成王问及此事，周成王却说，那只是对叔虞的一句玩笑话。周公旦正襟危坐说：天子无戏言。天子一说话，史官就记下来，以礼仪成之，奏乐章歌之。周成王无奈，只好将唐地封给了叔虞。叔虞受封唐地其时，天降福瑞，得一异茎同穗“嘉禾”，特献于周成王。周成王命叔虞将嘉禾馈赠周公旦。周公旦接受赐禾后，特作《嘉禾》颂文赞美周成王。后曹植亦以《嘉禾讴》诗咏怀：“猗猗嘉禾。惟谷之精……昔生周朝，今植魏庭。”受封于唐的叔虞，以夏戎之政而治夏戎之地，以夏戎之法而理夏戎之民，政绩卓然。其“启以夏政，疆以戎索”的国策，对后之晋及韩、赵、魏三国影响远大。唐叔虞死后，继位之子姬燮，迁居晋水之傍，遂将国号改称“晋”，是为晋侯燮。位于今太原市西南25公里悬瓮山麓的晋祠，即为纪念晋国开国诸侯唐叔虞而造。其以唐叔虞祠为主，辅以宋、元、明、清各式建筑百余座。

李唐王朝与唐虞，血缘渊源甚密。李渊祖父李虎助北周有功，受封唐国公，父亲李昞袭之，后传之于李渊。封地为太原的唐国公李渊，于太原起兵后，果断扯起唐之大旗，自称“唐王”，并煌煌然开国唐朝。

“尧天舜日”，尧舜所处时代，以河东襄汾陶寺文化为标识，其年代约为公元前两三千年。公元前四世纪后半叶龙山时代，中华文明核心在黄河中游区域孕成。闪耀陶瓷文化光亮的邦国，唱响夏商周中原王朝国家之先声。陶寺文化，因陶寺遗址得名。陶寺遗址考古成果显示，该遗址最早拥有作为国家政治、文化、经济中心的都城性质。陶寺文化所代表的邦国成为“中土之国”，开创了“中国”最初始的意义。陶寺观象台，作为“华夏之光”入口处，为迄今考古发掘与天文考古判定的世界最早观象台，其所观测日出地平历，为世界最早最为缜密的太阳历。陶寺遗址位于今山西临汾市襄汾县城东北，坐落于太岳山系向汾河谷地过渡的黄土塬缓坡之上。

《吕氏春秋·本味》：“和之美者，大夏之盐。”大夏之盐，即中国最早的河东盐池。稀缺资源的河东盐，曾为夏商周三代经济命脉。

黄帝与蚩尤即在河东盐池附近，引爆一场争夺生命必需品的旷世之战。而舜帝巡察盐池，想到肩负的光荣与梦想，竟萌生一怀凌云诗情，遂抚五弦琴，临风黄河岸，高吟一曲《南风歌》：“南风之薰兮，可以解吾民之愠兮。南风之时兮，可以阜吾民之财兮。”

因汾河于此汇入黄河，河东亦有河汾之谓。浩阔沃美的河汾，有一片悠久历史文明灌溉的厚土“汾阴”。河之北为阳，河之南为阴。汾阴，因在汾水之南得名。其先是战国魏邑，汉置之为县，十六国时汉并入蒲坂。县治所在今山西万荣西南宝鼎街，汉武帝曾得宝鼎于此。《汉书·礼乐志》：“汾脽出鼎，皇祐元始。”

《左传》：“君履后土而戴皇天。”《周书·武成》曰：“告于皇天后土。”东方朔《七谏》：“皇天保其高兮，后土持其久。”东晋杨泉《物理论》：“地者，卦曰坤；其德曰母，其神曰祇。亦曰黄土祇，亦名后土。”后土，即指汾阴脽后土祠。汾阴脽，一块背汾带河的长形高地，长四五里，广二里多，高十余丈。《水经注·汾水》：“汾水历其（长阜）阴西入河。《汉书》谓之汾阴脽……脽，丘类也。”后土圣母，中华最古之祖，土地最尊之神，亦为北京天坛之源。后土祠中《历朝立庙致祠实迹》碑记曰：“轩辕氏祀地祇扫地为坛于脽上，二帝八员有司，三王方泽岁举。”汉武帝元鼎四年（前113年）扩建汾阴后土祠，定其为国家祠庙。《史记·孝武本纪》：“于是天子遂东，始立后土祠汾阴脽上；掊视得鼎，鼎大异于众鼎，文镂无款识……乃以礼祠。”

汉武帝祭拜后土咏唱的《秋风辞》：

> 秋风起兮白云飞，草木黄落兮雁南归。
> 兰有秀兮菊有芳，怀佳人兮不能忘。
> 泛楼船兮济汾河，横中流兮扬素波。
> 箫鼓鸣兮发棹歌，欢乐极兮哀情多。

少壮几时兮奈老何！

随意择取河东一个地方，都会领略到华夏文明曙光的惊艳。

闻喜，春秋为晋地，战国属魏，秦置左邑属河东郡。汉武帝元鼎六年(前111年),北征匈奴至此,闻官军平南越(今广东)大捷之喜讯,遂将左邑桐乡改名为“闻喜”。

绛州，今山西新绛县，古为河东地区之属。其为“赵氏孤儿”忠心保国故事滥觞之地；唐代名将薛仁贵投军之处。新绛县城西隅高垣上绛守居园池，为中国现存唯一隋代宫廷园林；赫赫绛州大堂，乃大唐名将张士贵的《帅府堂》，为全国州府大堂之最。西周时期，武王封文王第十七子为郇侯，辖今新绛一带。春秋风起，郇国为晋所灭；战国云涌，韩、赵、魏三家分晋，绛州属魏，称汾城，隶属河东郡。绛州一带，一度又属赵国，赵国大将廉颇曾屯兵于此。

永济，古称蒲坂，扼蒲津关口，当秦晋要道，乃虞舜建都之地。耸矗于永济市蒲州古城之西黄河东岸的鹳雀楼，始建于北周，为中国古代四大名楼之一。“白日依山尽,黄河入海流……”,王之涣一首《登鹳雀楼》诗，令其穿越时空，历久弥新。

河汾流域，英才炫灿：思想家荀况、纵横家张仪、盐商巨富猗顿、“史圣”司马迁、“武圣”关羽、“战神”薛仁贵、“诗佛”王维、“柳河东”柳宗元、戏剧家关汉卿、诗论家司空图、史学家司马光……

民间俗语,“无裴不成唐”。今山西闻喜裴柏村,誉称中国宰相村。裴氏家族,发轫于秦汉,经魏晋而至隋唐蔚成盛景,先后涌现宰相裴寂、裴度、裴炎、裴耀卿等59人，杰出地图学家裴秀，以及“史学三裴”：裴松之及其子裴骃、其孙裴子野。

与裴氏家族媲美争艳的薛氏家族，亦为隋唐绽放一道奇光：薛道衡，隋朝一代文章宗师，其子薛收，秦王府十八学士之一；薛元超，薛收之子，唐朝宰相；薛曜（薛升华），薛元超长子，书法家，“宋徽宗瘦金体之祖”；薛稷，唐代画家、书法家，薛元超从子。其书法师承褚遂良，与虞世南、欧阳询、褚遂良并列初唐四大书法家。薛氏家族栖居汾阴龙门一带，与王勃家鸡犬相闻，花树一春。

千古龙门开合之间，汾河谷地南畔峨眉岭上，青砖汉瓦，有一个古村落，便是王通故里通化。隋唐之前，此地名为万春乡甘泽里，因哲学家、教育家、思想家王通死后葬于此，当地人遂取“王通教化”“羽化”“坐化”之意，改名为通化村。

王通，隋代大儒，“坐化”之后，其弟子取《周易》“黄裳元吉，文在中也”之义，私谥其号“文中子”。“六子全书”有其一席：《老子》《庄子》《列子》《荀子》《扬子法言》《文中子说》；《三字经》列其为诸子百家“五子”之一：“五子者，有荀扬，文中子，及老庄。”

王氏家族俊采星驰，卓然毓秀。王通兄弟王度与王绩皆有奇才，名耀史册。王度，著名史学家，其志怪小说《古镜记》，开唐代传奇之先河；王绩，隋唐著名诗人，“长歌怀采薇”，发隋唐律诗之先声；贤孙王勃，“初唐四杰”之首，以一首《送杜少府之任蜀州》震古烁今，一篇《滕王阁序》绝唱千古，一部《唐家千岁历》立大唐“五行”国运之论……

赏析

文章携黄河风雨落笔，首先介绍了“河东”之“河”的地理地势，以及“河东”之“东”行政区划分上的历史沿革。自然地理与人文历史交织成的这片广袤土地，使“河东”之名既有地势的气魄又有历史的厚重。

文章第二部分引用大量典籍翔实地阐述了这片土地上多元一体化

的文明发展脉络。从炎黄二帝、唐尧虞舜到“桐叶封弟”，再到李唐盛世王朝，文章时叙时议，开合有度。如果说清晰的历史沿革是河东文明与中原文明交织的多元一体风貌，那么以陶寺文化、河东盐池为代表的河东文明更是唱响了中原文明的先声。

文章第三部分通过介绍具体的河东之地汾阴、绛州、永济，带我们领略华夏文明曙光的惊艳；以河汾流域灿烂的英才大家和裴氏家族、薛氏家族、王氏家族这些生生不息的家族传承，带我们瞻仰先人风采。河东之地孕育文明曙光，文明曙光普照三晋大地，造就了一段人杰地灵的文明传奇。

本文文笔开合与河东地势开合相得益彰，雄浑之气跃然纸上，并将历史文明的诗卷在自然地理的大背景中徐徐展开，境界阔大。大量史料论据的引用不仅支撑了作者的观点，而且使得文章风格典雅厚重，内涵丰富，意蕴悠远。

（山西省大同市灵丘县第一中学　袁志红）

雪泥旅迹

森林里的城市

如果上帝让我举一个人与自然和谐相处的例子，我会建议他去一趟澳大利亚；如果你想寻找荷尔德林深情描绘与歌唱的“诗意的栖居”，我会推荐墨尔本。

墨尔本，一座森林里的城市，一个包容度极高的原生态植物园，虬劲斑驳的参天大树与青枝新抽、嫩绿明灿的花木交织其中，原始而现代。棕榈、冷杉、柠檬、橡树、木棉、橄榄……热带、亚热带植物在这里自由生长，生机勃然。四季气候温和湿润，冬夏翠色不减。不由让人心生妒忌：好一座上帝偏心惠赐的南半球翡翠之城。

市区内集中建有一片高楼，形态各异，代表着不同历史时期的语汇。街道两旁，绿树依依，草坪茸茸，尚有鸭绒河如一条青蛇穿城而过。市外周遭便是一望无际的树木花卉。矮矮的房屋，一幢一幢，砖木结构，掩映其间。城市人文地将控制权还给树木，还给鸟儿，还给蝴蝶，还给自由飞翔的风，而拒绝交与钢筋水泥的楼厦。

人居环境以院落为单位，一个偌大院落，只一套多间组合的房间，盖在院子中央。房前屋后，角角落落，树木天然，花草率性。既像一个农家小院，又是一座花园别墅。登高眺望，满眼院落勾连，一片林海花潮。家家都有汽车，便又配了车库，与房屋连结一体。有车就有路，但见曲径分叉，柳暗花明。或驱车穿梭于林渊，或漫步徜徉于花海，都是一种画中游的体验与感受。造型多样的房屋色彩斑斓鲜丽，像一朵朵雨后的蘑菇，从泥土中欣欣然生长出来，与四周林木花树浑然一体，相映如画。院落与院落之间，插一排低低的篱笆，或是植一道花墙。真正是夜不闭户，路不拾遗。门虽设而常开，窗敞亮而纳风。一片居住区皆配套有商店、学校、医院。建筑一样低矮错落，花树环绕。街路干道，一辆辆巴士、有轨电车，像一枚枚彩色的音符，循着一支支网状交织的旋律，流动着从容与悠扬。

墨尔本人在工作与生活环境交叉地带，清晰地画了一道绿色分界线。

如果说蓝浪、海风、沙滩、棕榈、咖啡、考拉、袋鼠……是澳洲自然生态元素，那么静——恬静、娴静、文静，构成墨尔本风情一个诗意的特征。静是一种生活色彩、一种生活态式，比如禅。静使人心平气和，友好善待。即使与陌生人相遇，墨尔本人也总是把真诚的微笑写在脸上。至于花草树木，自是视若己出，爱之如命。平等尊重植物的生存生长权利，突出和保护花草树木的自然性与天然性，让其充分按照自然应有的样子去繁荣生发。

森林是一个世界，而且一定是充满生命的五彩的世界，鸟有语，风有言，草有心，树有情，花有魂，云有灵。人呢？原来也是一种植物，走来走去，进进出出，或如一棵树，或如一枝花。天人和美，美美与共，是森林世界的一支静夜曲。

赏析

墨尔本是澳大利亚乃至大洋洲仅次于悉尼的第二大城市，城市绿地率高达 40%，城市环境优雅，曾获联合国人居奖，并连续多年被联合国人居署评为“全球最适合人类居住的城市”。《森林里的城市》这篇散文用诗一般的语言写出了墨尔本的两大特征：人与自然和谐相处和诗意的静，表现出作者对这座翡翠之城的热爱和赞美之情。

文章的标题是一个偏正短语，中心语是“城市”，点出所写对象的现代性，修饰语“森林里的”则体现出这座城市的自然原始。原始而现代，繁华而静谧，让人向往。

文章第一段用两个假设关系的句子引出墨尔本的两大特征，接着用四个段落的篇幅着重写墨尔本“人与自然和谐相处”的特征，第六段点明墨尔本的诗意特征——静。最后一段就是一首诗，总写出墨尔本天人合一的意境，那就是森林世界的一支静夜曲。

文章语言整散结合。有对偶，有排比，有长句，有短句，交错夹杂，使文章如跳动的音符一样充满韵律感，充满了浓浓的诗情画意。

文章大量运用比喻句，如“尚有鸭绒河如一条青蛇穿城而过”，“造型多样的房屋色彩斑斓鲜丽，像一朵朵雨后的蘑菇”，“街路干道，一辆辆巴士、有轨电车，像一枚枚彩色的音符”……这些比喻，生动形象地写出了墨尔本河流、建筑等自然景观和人文景观的美丽。“人呢？原来也是一种植物”这一比喻更是把墨尔本人与自然融为一体的特征形象地表现出来，引发出读者美好的想象。

金色海岸：夏日里的绽放

一朵阿波罗撒落的奇幻光芒，炫彩耀眼；一株维纳斯栽植的椰子树，曼妙婀娜；一块墨西哥风味的朱古力，丝滑柔润；一粒埃塞俄比亚卡法小镇色泽的咖啡豆，香溢怡神。Gold Coast，斑斓画韵，旖旎诗意，诠释南半球一座“海里升起的城市”的妩媚与妖娆。

Gold Coast，黄金海岸？不，黄金的味道太商业，太凝重。金色，是的，金色！金色才是这座城市的气质与属性的彰显与释放。金色海岸，澳大利亚东部一座像朝霞舞袖一样浪漫时尚、日出喷焰那样激情四射的滨海城市。

夏日里的金色海岸，目光触碰之处，一切都在美丽绽放，绽放美丽。“绽放”，是赤橙黄绿青蓝紫之外第八种颜色。不，绽放是所有色彩的引爆。调色盘形容是不够的，金色海岸是一片花的海洋、色彩的海洋、美的海洋。索性，金色海岸，就是一块澳洲“欧泊”，绽放着五光十色的梦影幻彩。

仿佛是“绽放”这个动词，天然地就为夏日里的金色海岸而生而活。或可说，是金色海岸的夏天，点燃了“绽放”这一语词的灵魂与精神。

天空在绽放：苍穹湛然蓝碧，俨然芳草无涯的牧场，一任乳白色的流云，绵绵如一群群丰牛肥羊滚动；透明而纯度高清的空气中，有丝丝缕缕蜂蜜的甜馨，阵阵袭来，脉脉沁心。

海滩在绽放：任何一个方向都通往蓝色大海，每一条道路都连接着阳光海滩。银沙金粉，海鸥翔集，帆船鱼跃，出没风波。弄潮儿牧驭雪浪，惊险演绎“冲浪者天堂”的旋律；尽享日光浴的游人，月移花转，疏影横斜，展露不同肤色及其百变文身；库克船长的纪念碑和灯塔，像两株挺拔的花树，拨云弄雾，观海听涛。

集市商场在绽放：琳琅满目的卖品、鲜露欲滴的果蔬，与往来穿梭的人群及其衣饰、妆容，绘织成一幅活色生香的动感画屏。

公园在绽放：棕榈、紫薇、朱槿、柠檬、芒果、木棉、刺葵、火焰树、凤尾竹、大丽花、鸢尾花、三色堇、金盏菊……灵枝俏叶，尽态极妍；袋鼠的毛色迎来一年里最蓬勃鲜亮的青春季；贪睡的考拉拨响兴奋减眠的生物钟；纷繁恣意的鸟儿，一边翔舞穿飞，一边竞相发声，尽展歌喉……黑天鹅，是的，黑天鹅！长长的颈项、鲜红的喙，在蓝丝绒一般的湖面，优美和高贵。她曾像一道黑色闪电，刺穿“经验论”的城堡壁垒，并像一只黑色精灵，随时可能弹出人们思维的界面，引发蒙克油画那样的“尖叫”。

乡村在绽放：金色海岸乃至偌大的澳大利亚，几乎就是一座一望无垠的乡村，人们悦然将澳洲称为“澳村”，墨尔本和悉尼分别被唤作“墨村”和“悉村”。矮矮的平房，人字形的屋顶，散落在葱茏林木、绿野萍踪之间，像安徒生童话。（房屋建筑，是否高过树木，就超越剥离自然，消解了人与自然的亲密度，令人产生莫可名状的紧张感？）浓绿淡绿错杂绿，深红浅红次第红。可人的花草气息中，分明透着一袭惬意的亲和。曲曲弯弯伸展的路径，像枝丫和叶脉，随意而人性化。这样的乡村，先天一抹蓊郁静美底色，是绿树掩映和藏着的乡村，是鲜花悄然盛开的乡村；是一幅铺展天然、欣欣向荣的重彩油画，像塞尚、凡·高、高更；是一篇形散神不散的美文，像弥尔顿、拜伦、海明威。悠然、闲适，构成乡村的本真特质，而田园风光与都市风情交映生辉，说不清乡村的繁华，抑或繁华的乡村。淡淡的乡村朴素里，宜人地装点着都市的锦绣与新潮。回归自然不是逻辑晓畅的解释，无论是金色海岸还是悉尼、墨尔本，澳大利亚的每一座城市从来没有疏离过大自然。相反，它们就像一株植物，或如一丛雨后蘑菇，或如一蓬月光下的菠萝麻，从青青岁月的指缝里，一节一节、一寸一寸、自然自如地生长出来，海天一色，水乳交融。这是一曲人与自然相和谐的乐章和一方“天人合一”“诗意栖居”生态的生动写真。

一片绽放中，如期而来圣诞老人，旋即响起新年钟声。圣诞老人没有划动雪橇，却是披了普照的阳光；新年钟声没有敲落雪花，却以祝福的韵律，火爆了飞彩的花卉。圣诞节的降临与新年太阳的升起，令金色海岸，鲜花似锦，益发热烈而澎湃：霞光绽放，礼花绽放，瀑布和喷泉绽放……

金色海岸，一枚南半球阳光雕塑的金芒果，“绽放”是其生命力鲜活旺盛的果核。金色海岸的绽放，属于夏日，又烂漫四季；从大自然萌发蔓延人的意识形态，以至思维方式和生活方式，都在演绎绽放的内涵与外延。万千绽放中，最灿烂莫过于金色海岸人金色心态的绽放。金色海岸人与你相视，总是向你绽放一朵友善的金色微笑。一束束金色眼神，燃放一道道金色自信与乐观。金色海岸很开阔，却拒绝一寸水土生长烦忧与郁闷。此刻，在不远处，有一个鲜花店，你会看到开花店的老妪，花枝招展，像一只快乐的蝴蝶，飞来飞去。干脆，她就是一朵流动绽放的花，就是五彩缤纷的夏天。满满的幸福，在她微笑的牙齿上绽露：我今年刚七十岁，明年更年轻！

你放你的绿，我绽我的红。自由自在绽放，自然而然呈现。自由自然却似乎又有一份节制和自律，仿佛一种天然自觉。大自然从来就有自己的法则，遵循一条生物链铁律，既使每一款物种的存在利好，又为自然界动态平衡与可持续演进护航。当这一法则植入每一物种的根脉血汁并化育为基因，就会孕结成春华秋实那样的自觉与自然。

南半球的风
带着太平洋的味道
柔曼地吹着
总是叫人想到生活
想到爱人的小屋
抬头望一望天空
生命的太阳
一直在头顶照着

南半球的风
带着太平洋的味道

缱绻地吹着
总是叫人想到母亲
想到童年的小河
抬头看一看夜空
故乡的月亮
一直在身后跟着

南太平洋中部一个叫“大溪地”的岛屿，被誉为“离天堂最近的地方”，其七彩亮丽的海水，洇染出法国杰出画家高更代表作《我们从哪里来？我们是谁？我们到哪里去？》。热带有一种名字极好听的花“金合欢”，澳大利亚人将其选定为国花，夏日的阳光下，开得熙熙攘攘、轰轰烈烈。远远望去，像簇簇跃动的火焰，像灿灿金黄的云朵。我想说的是：金色海岸与大溪地岛一样绽放神奇之美，金色海岸是一株国色天香的“金合欢”，在太平洋金波银浪的荡漾声中，在南半球盛装繁荣的夏日里，炫丽绽放，风情无限。

赏析

澳大利亚黄金海岸位于澳大利亚东部海岸中段，距离举办过世博会的布里斯班一个小时车程，由一段长约42公里、十多个连续排列的优质沙滩组成，以沙滩金色而得名。气候宜人，日照充足，海浪险急，是澳大利亚昆士兰州重点旅游度假区。

《金色海岸：夏日里的绽放》一文以饱含浓烈感情的华丽得有点奢侈的语言浓墨重彩地描绘了金色海岸的妩媚和妖娆，热情洋溢地赞美了金色海岸的天人合一、自由自然。

文章第1段用四个内含比喻的排比句引出金色海岸的特色：妩媚

与妖娆。第2段解释金色海岸名字的由来。第3、4段引出“绽放”一词来表现金色海岸的生态状态。接着5—11段详细描绘金色海岸的各种“绽放”：天空，湛然蓝碧，空气新鲜；沙滩，海鸥翔集，游人冲浪，绽放自由洒脱；集市，商品琳琅，人群多彩，绽放十足动感；公园，群芳争艳，动物灵动，绽放无限魅力；澳村，天人合一，诗意栖居，绽放人与自然和谐乐章；新年，礼花飞彩，热烈澎湃，绽放祝福旋律；金色海岸的人，金色心态，自信乐观，绽放金色微笑。第12段点明金色海岸能够拥有“绽放”状态的原因：遵循自然法则，从而实现了自觉与自然。在充分描绘完金色海岸的魅力并点出原因后，意犹未尽，最后又用一首诗、一幅画、一种花进一步诠释金色海岸的无限风情。

文章点面结合地描写景物。第6段写海滩的全貌，突出库克船长的纪念碑和灯塔；第8段写公园的勃勃生机，突出优美高贵的黑天鹅；第11段写金色海岸人的金色心态，突出写一个开花店的老妪。这种写法，既可以让人整体把握，又能让人很真切地了解事物的具体特点。

文章大量运用比喻、拟人的修辞手法。比如：“一任乳白色的流云，绵绵如一群群丰牛肥羊滚动”“库克船长的纪念碑和灯塔，像两株挺拔的花树”“纷繁恣意的鸟儿，一边翔舞穿飞，一边竞相发声，尽展歌喉”。这些比喻、拟人使金色海岸上的景物生动鲜活，充满灵性。

文章语言华丽，感情热烈。开篇就显示出这一特色。炫彩耀眼、曼妙婀娜、丝滑柔润、香溢怡神、斑斓画韵、旖旎诗意、妩媚与妖娆，这些华丽的词语使文章富丽堂皇，光彩四射，生动感人，把作者丰富热烈的感情淋漓尽致地表现出来。

一山一水

我扭过头，对身旁的书法家说：“我拟了一联，回头请帮我写成条幅：人间仙境张家界，童话世界九寨沟。”书法家戏我道：“可有横批？”我笑了笑：“当然有，但容我想一想……”

这是深秋之日，我游历张家界和九寨沟时的一个细节。

“五岳归来不看山，黄山归来不看岳。”这一优美的说法，在我们的生活里有一时段很是流行，现在，它的主语恐怕要做个替换了——除却张家界，何处还看山？

黄山的奇特，在于黄山松姿的风情万种，在于黄山雾态的变幻莫测。黄山松、黄山雾，简直极尽夸张幻变之能事。而要说看山，我以为眼下要数张家界了。张家界的山，山形山状，山容山貌，山色山泽，都美得几乎超出了人们的想象。走进张家界，万千山峦的画景满眼铺开，你就觉得，两只眼睛实在是有点儿少了，明显不够用的，上帝当初怎么不多画上几只！万千画景？不，不是画景，也不要什么诗语。这里是鲜活的山峰，是灵气浮动的岩石，用画卷、画廊、诗情画意之类来形容来比喻，自然就都俗了白了。那山的形状，横枝曲蔓，随意穿插，想怎么长就怎么长。左手一指石桥飞架，右手一弹拱门洞开；才看细腰秀姿，又见雄浑伟势；或如秋菊含苞，或如苍鹰展翅；你可以把它视作“御笔”插立，也可以想象成劲竹穿云；可以喻为采药老人、村姑望夫、情人偷会，也可以比作游龙戏珠、孔雀开屏、金鸡晓明……那山色，因石英红砂岩质地，除了树木衣着之外，片片袒露处，灼灼然若古铜光芒耀闪。黄山雾旖旎多姿，张家界的雾也够扑朔迷离的。那雾，叫人疑是从山石里生长出来的，或浓或淡，袅袅聚散。浓时银莲怒放，淡时月影移动；聚时雪浪堆涌，散时纱袖飘拂。出没隐现在流烟迷雾中的山，神兮仙兮，梦也幻也。造化！大自然从来和永远都是至高无上的艺术大师。在满怀敬畏和感恩的同时，谁能够从大自然中领悟到一鳞半爪的性灵，他的人生作品就会气韵生动，风生水起。

“桂林山水甲天下”这句话，我想也应该做个修改了，如果说成

“九寨沟水甲天下”，更贴近大自然的本真蕴意。西湖的水，太湖的水，漓江的水……虽各有其美，但都不及九寨沟的水美得令人心颤，奇得叫人生疑。我的第一印象，应该是这样一幅画面：一进九寨沟景区，满车的游客，“呀”地溅起一片惊叫声。随之，大家争相从座位上跳起来，脸贴着车窗玻璃，眼睛使劲向外张望。九寨沟的水先声夺人，透过车窗，让每个人都怦然心动。蓝？绿？是的，九寨沟的水是很蓝，是很绿，但一个“蓝”一个“绿”还不足以道出九寨沟水的美。若说蓝，若说绿，九寨沟就是天然地落在那里的一颗晶莹剔透的蓝宝石、一块玲珑凝碧的翡翠玉。你别因了水底的卵石逼真可见，鱼儿的鳞鳃毕现，就以为此处浅水可探。险！这里少说有十几米，甚至几十米。从九寨沟的水，我相信了蓝和绿是丰富的、有层次的。我不是色彩学家，说不清九寨沟的水该叫什么蓝、什么绿，我只能告诉你，九寨沟的水是多彩的、绚烂的。你听有一片水，大家就唤它“五彩海”；你看那流过一株株灌木丛的清泉，飞雪溅银，满地白玉，因而得名“珍珠滩”。最是那些不知何年何月倒在水里的树木，裹一身毛茸茸的白苔，纵横交错，似近犹远，给人一种天然的原始感和神秘的远古感，把你网在一片童话仙境的浓浓氛围中。还有的树木，自己浸泡在水里天长日久，竟然托起了一株两株小树，或者长出了一蓬半蓬的藻草，作为自己生命的延伸和不朽的证明。

张家界的山是张家界的主打美，因而张家界的水、张家界的花草树木，便纷纷退居到次要的位置，承担了造化赋予的配角使命；同样，九寨沟的水是九寨沟的关键词，九寨沟的山、九寨沟的彩林植被，便都服从于九寨沟的水，为那一潭潭、一汪汪、一瀑瀑的流泉花溪存活着、美丽着。这便又给我们一个启示：构思一篇文章，描绘一幅图画，或是做一件什么事情，我们都应该分一个主次，围绕一个魂的东西，去谋篇布局、设计实施。而且不管你做得多么艺术多么精妙，一定是要自然和谐。

张家界在湘西，九寨沟在川西。我对同行的书法家说：“若把这副对子，上联贴在湖南，下联挂到四川，如何？”书法家收住脚步，一脸认真地道：“那横批，果然不可或缺了。”我又是一笑：“有了，这横批就倾情挥毫，书它四个字——一山一水。”

赏析

湖南张家界的山，四川九寨沟的水，一山一水，美不胜收，让人心动，让人神思，让人遐想，作者用优美的语言写出了张家界山的鲜活灵动，九寨沟水的清澈绚烂，表达出自己对这一山一水的无比热爱，同时也写出了这一山一水带给自己的启示。

首先，由作者与书法家谈论一副对联引出这一山一水。接着，先山后水，分别用对两句大家耳熟能详的话的修改展开对山水的描写。“五岳归来不看山，黄山归来不看岳”改为“除却张家界，何处还看山”，“桂林山水甲天下”改为“九寨沟水甲天下”，赞美之情溢于言表。然后对山水进行细致的描绘，将丰富的感情融入字里行间，点明自己从山水中得到的启发。文章倒数第 2 段将山水放在一起进行概括，张家界以山为主、以水为辅，九寨沟以水为主、以山为辅，主次分明又自然和谐，为人做事不也应该如此吗？最后一段，作者呼应开篇一段，又回到与书法家谈论对联上，文章结尾点出横批“一山一水”，与文题遥相呼应，浑然天成，圆满！

文章景、情、理交融，韵味深长。登山则情满于山，山的鲜活灵动让人满怀敬畏和感恩，让人领悟大自然的性灵；观水则意溢于水，水的清澈绚烂让人怦然心动，让人领悟到生命的延伸和不朽。

描写景物生动形象，主次分明。写山一段，如秋菊含苞，如苍鹰展翅，如“御笔”插立；写水一段，如蓝宝石，如翡翠玉，如满地珍珠，这些博喻手法的使用，使描写生动形象有气势。写山，辅之以树和雾；写水，辅之以白苔和树木，有详有略，主次分明。

悬空寺之空

好一个悬，好一个空！因悬而妙，玄妙无穷，竟在一个“空”字。

空相之空，非空之空。空中有物，物中有空。无空无物，无物无空。物因空生，空因物活。物如火，空若焰；物如花，空为香。因空生物，物便空；因物生空，空则灵。空灵何谓？“不着一字，尽得风流”，“羚羊挂角，无迹可寻”是也。

空物空色，尽在空心。驱除烦恼心界空，留得空心盛白云。佛家《心经》说“五蕴皆空，度一切苦厄”：“色不异空，空不异色，色即是空，空即是色”，包括“受想行识”；“诸法空相”“空中无色”，包括“无眼界，乃至无意识界”。如此，便“心无挂碍”，灵魂超拔，以至“究竟涅槃”。

心也无物，物也无心；物也无物，心也无心；无心无物，空心空物；无无心物，无无空空。《论语·子罕》里有“空空如也”句。《红楼梦》里空空道人在青埂峰下读到一文“石头记”，遂“抄写回来，问世传奇”，并“因空见色，由色生情，传情入色，自色悟空”。巧为书缘，吴承恩将《西游记》里唐僧大徒弟，那个手持金箍棒的孙行者取名为“悟空”。而同为唐代高僧的德山宣鉴，一日来到湖南澧阳，向一个卖饼子的婆婆讨“点心”买。婆婆指着他的担子问：“你挑的是些什么书？”“《青龙疏抄》。”宣鉴无心回答。“讲的什么经？”“《金刚经》。”婆子道：“我有一个问题，你如果答得出来，我就施予你‘点心’；回答不出，你就挑着这些经书到别处去吧！《金刚经》里说‘过去心不可得，现在心不可得，未来心不可得’，不知道上座您要点哪个‘心’？”后来宣鉴悟到“无事于心，无心于事，则虚而灵，空而妙”。

生命之诗，书写在一呼一吸韵辙里；佛之莲花，绽放在有心无心天地间。有心，犹若春风吹时皱一湖绿水；无心，真如清风拂过熨碧水无痕。萧伯纳说，他和莎士比亚都是没有灵魂的人。无有灵魂，即指超越尘世，雪泥鸿爪。“万法唯心”，“心量广大，犹如虚空，能藏万法”。禅宗“直指人心，见性成佛”，“人心”即有心，“见性”乃“无心”。有心，系观照红尘品察世相之心；无心，乃化解万事涵容万物之心，是比大海和天空更博大的宇宙之心，是思接千载、视通万里的无限之空。以有心化万事万物于无心之中，以无心超万物于有心之上。初，“看山是山，看水是水”，是眼界，是有心；历经“看山不是山，看水不是水”的磨炼，跃升到“看山是山，看水是水”的心界，便是无心，便是平常心，便是无意识界，便是《金刚经》“不应住色生心，不应住声香味触法生心，应无所住而生其心”之境，便是“因指见月，得月亡指”之喻，便是苏东坡“庐山烟雨浙江潮，未至千般恨不消。到得还来别无事，庐山烟雨浙江潮”之体味。事如花，做事心切花受伤，无奈有心栽花花不开；业若柳，去留无意柳随风，喜见无心插柳柳成荫。因作《红尘禅》一偈：菩提人间树，明镜世俗台。凡心生莲花，迎风化尘埃。

天空何曾空？灿烂日月星。但因天空空，方有霓彩虹。天空终究空，万物过眼云。与云为伴，与鹰为朋；与山同体，与天恒久。依空而悬，悬空而空；因空而悬，唯空而空。神哉奇哉，寺庙悬空。正是：悬空古寺悬半空，空寺亦空亦不空。经声佛音空中来，天籁甘露入心空。

赏析

悬空寺位于山西大同浑源东南郊恒山脚下，距地面高约58米，最高处的三教殿离地面90米，建成于491年。其建筑极具特色，以如临深渊的险峻而著称，是佛、道、儒三教合一的独特寺庙。《悬空寺之空》一文不写悬空寺的险，也不写悬空寺的美，更不写其宗教历史、典故传说，这些导游都会讲到。《悬空寺之空》只是空灵地抒写悬空寺带给作者的佛学上的联想、思考和人生境界上的启发。

第1段是引子，由“悬”到“玄”，由“玄”到“空”，很好地呼应了题目，引出下文。

第2段阐释“空”与“物”相生之理。像动静结合、虚实相生一样，“寺”的凸显使“空”有了存在感，对“空”的知觉又让“寺”有了灵动感。

第3段阐释“空”与“物”统一之理。引用《摩诃般若波罗蜜多心经》的话，告诉人们要放下一切，摆脱苦难。“色即是空，空即是色”，这里的“色”指物质，我们对物质的认识不外乎形状（形色）和颜色（显色）的色相上，因而佛家称物质为“色”。“色即是空，空即是色”也就是“物即是空，空即是物”。外界的事物和内心的想法都是“空”，也是“色”，人对它们不可能产生什么影响，它们对于人的本性都不应该有什么影响，所以要放下。

第4段引经据典诠释“空”的境界。《红楼梦》中的空空道人，从空里看出色声香味、七情六欲，而后又把这一切堪破，看空，“空”是看到虚妄，又超越虚妄。孙悟空叛逆好斗，降魔除妖，历经九九八十一难，修成斗战胜佛，“空”是战胜自我，达到无我。宣鉴高僧被卖饼婆子点醒，认识到做事要心中不留痕迹，顺境不起贪念，逆境不起嗔恚，心中始终如如不动，清净无染，“空”是理事无碍，事事无碍。

第 5 段点明用佛学境界指导生活，则可深味生命之美。万法唯心，幸福、痛苦都是心创造的。我们看到的这个世界，实际上是我们自己创造的，当心自在以后，外境也就得到了自在。这个过程就是拥有平常心的过程，刚接触这个世界时，以为看到的就是真理，即“看山是山”；随着年龄的增长，阅历增加，逐渐了解到人生的深意，就不再有刚开始的心态，即“看山不是山”；当进一步提升自我，返璞归真，与世无争，拥有了平常心，就达到新的“看山是山”的境界。

第 6 段呼应题目和第 1 段，进一步点明悬空寺的禅意，让人明心见性，见性成佛。

（山西省大同市外国语学校　张利芳）

张利芳，女，1975 年生，山西大同人，山西省大同市外国语学校高中部语文教师，大同市名师，大同市学科带头人。

去云冈看云

去云冈看云，看云冈之云。

云冈，一座辉耀世界的石窟造像，出自中国一个北方少数民族政权——北魏王朝的皇家手笔。其开凿在今日大同西郊武州山崖壁，史称灵岩石窟寺。云冈石窟是明代以后的称谓，云冈之名，最早见于明嘉靖四十三年的《重修云冈堡记》。

初，武州山崛起生成，大地随之孕化了一片云冈云，抑或是造物主播撒了一粒石头种子，入土生根发芽，又受了云冈云的恩润惠泽，遂长就了灵性的武州山。不，干脆就是北魏王朝的开创者——游牧民族拓跋鲜卑人，穿越茫茫草原，把故乡嘎仙洞上空的云一路带将而来。

《辞源》诠释云冈说：山势逶迤，若一抹青云。

山，有仙则灵。武州山之仙，便是一片云冈云。

武州山系拓跋鲜卑人的仙山灵山，从北魏道武帝拓跋珪到明元帝拓跋嗣再到孝文帝拓跋宏，都留下了车轮滚滚、华盖锦簇奔武州山祈福的历史记载。

大同，曾为北魏王朝的皇都平城，或许因与云有未了之情，故民间亦称云中。清朝初年，宣（化）大（同）总督佟养量奉圣上之命，为云冈石窟构筑四层楼阁，以作护卫。阁楼建成，题匾额“大佛阁”三字，觉意犹未尽，又令阴刻楹联：佛境佛地乘建佛心成佛像；云山云岭带将云水绕云城。

云为山川之气，是山河大地吐纳呼吸生成的精魂。云冈初建其时，武州山一带植被天然，水草丰茂，郦道元《水经注》有证：“武州川水又东南流……山堂水殿，烟寺相望，林渊锦镜，缀目新眺。”我数次来访云冈，就为看云，看武州山的云，看云冈的云，看云冈石窟身后的云，看云冈大佛头顶的云，看云冈上空的朝霞暮彩，春云秋气。看到着迷处，竟恍恍然入了庄周化蝶意境，身有翩翩欲飞之态……

天空青蓝，高阔辽远。一朵状如白莲花的云蕾，在云冈石窟的山顶灿然绽放，那花瓣渐次放大，徐徐扩展，片刻竟排列成一队庄严云阵，在我幻觉的界面上，演化为拓跋鲜卑氏走出嘎仙洞，走下大鲜卑山，穿越呼伦贝尔大草原的宏大场景。我曾在《雕刻在石头上的王朝》一书中描述：翌晨，日出东方，万山红遍。大朵大朵簇新的阳光，绕过密匝匝的树叶，把嘎仙洞照得俨然一座青铜雕像。拓跋鲜卑悄然涌出山洞，葵花朝阳一般，齐刷刷跪向嘎仙洞，作别一个古老的传统祭祀仪式。之后，云霞一般向南方漫移。

蓦然，一卷大风袭过，一幅风起云涌、狂涛怒卷的天象图景，便高挂在对面山巅。那云势浓烈蒸腾，恢弘豪迈，若千军万马、铁流滚滚，俨然象征和演示拓跋鲜卑统一北方的一场场浴火而生的惨烈战争。我不禁想到了北魏与大夏统万城之战——中国古代历史上一个著名战例。传说夏主赫连勃勃凭借国都统万城，“宫墙五仞，其坚可以砺刀斧”，迫使北魏太武帝拓跋焘久攻不下，进退维艰。拓跋焘仰天自语，若能有云雾遮城，便是天助我也。话音飘落，果见天边现露一颗云珠，状如书圣王羲之的一个墨点。这颗墨点极速膨胀放大，于惊诧之时，便形成遮天蔽日之势，若一块铁幕，将统万城锁入一片慌乱。守城夏军一时迷失了方向与目标，弓箭不知该往何处射发。而北魏将士攀上云梯，宛如雄鹰飞越城池。随着统万城的失守，大夏国遂被剪灭。

俄顷，风静云舒，花儿朵朵。眼前的画面，便是一派毡包炊烟、牛羊悠然、各民族其乐融融和睦一家的明媚景象。魏晋南北朝，是中国历史上一段碎裂纷乱的悲惨时光，富有戏剧结果的是，一曲最雄美激越的民族融合交响乐章，由北魏王朝在京都平城轰轰烈烈谱奏完成。伴随统一北中国的胜利脚步，多族移民汇涌平城；北魏王朝的统治阶层，聚集有众多民族的精英人才；皇皇云冈石窟，即属多民族工匠包括西凉僧侣联袂雕凿之作。冯太后曾与孝文帝于灵泉池“燕群臣及藩国使人、诸方渠帅，各令为其方舞。高祖率群臣上寿，太后欣然作歌，帝亦和歌，遂命群臣各言其志，于是和歌者九十人……”“婢使千余人，织绫锦贩卖，沽酒，养猪羊，牧牛马，种菜逐利……”

天高云流，若锦缎飞彩。丁丁当当的开凿云冈石窟的经声佛韵，仿佛一针针银质的光芒，从云缝里袅袅飞落。只要你愿意，谁都可以想象出，当年云冈云回风舞雪、旖旎华美的身姿，给那些攀援在悬崖峭壁半山腰的雕刻工匠以无限的启发。他们凿星雕月，描花绘草，若有神助。那一窟窟、一尊尊的云冈雕像，其变化万千的线条里，雕进了多少云冈云的佛容仙貌、逸踪流影。而我还愿意做这样的构想：一个月色如画的春夜，云冈云随风潜入北魏文成帝和高僧昙曜的睡梦。翌日，两人急切相见，会心而笑，彼此的手紧紧握在一起，握成一个兴佛旺帝的愿景，握成一座光天华地的昙曜五窟，握成一壁辉煌千年的云冈。

暮色如潮，游人散尽。武州山夜静山空，月朗星疏；一株株松柏古槐，缓缓隐入幽邃深处。云冈云冉冉而升，款款浮动，薄云丽月，月新云灿，正是一月染白千云身，千云洗明一月骨。云光月辉普照着一洞洞佛窟像龛，营造出一界清澈若水的迷景幻境。借了云冈云明亮手指的指引，我的目光再度聚凝于第7—8、9—10这两组双窟里“二佛并坐”的佛像。这释迦与多宝同龛对谈的造像模式，乃北魏文明冯太后参政一朝摄政两朝的象征与暗示。冯太后是开凿云冈石窟的文成帝皇后、决策迁都洛阳的孝文帝祖母，她不仅主政完成了云冈第二期的宏伟建造，而且主持实施了影响深远的“太和改革”。作为太和改革重要内容的“均田制”，历经北齐、北周、隋、唐三百年不衰，成为隋朝统一、唐代鼎盛的一块坚固基石。文明冯太后是第一个女改革家，她高举一盏“太和改革”明灯，光照北魏，使我们对她油然而生的钦敬之情，远远超越了对吕雉、武则天和慈禧的历史兴味……

春日新雨后，空灵照云冈。“闲爱孤云静爱僧”；“山头月，迎得云归，还送云别”。我再次来到云冈第20窟前坐看云起，倏然，窟顶上边，两道灼灼金晕跃动飞舞之下，便有一股紫气冲天而起，并在瞬间形化为一只庞然云物，身耀万斑金鳞，足掌如火似焰，盘旋摆动，若游若翔。大佛头顶的火焰纹，霎时被映照得红光跳跃，呼呼欲燃；安详端坐的大佛，仿佛挺了一挺身子，脸上神秘的表情，密码若解，谜底似现，微笑的花朵，念慈念悲，洒落人间……这只云化之物，龙耶？凤耶？古都大同曾被民间唤作凤凰之城，那么云冈云的这一启示，或许便是民间传说的另一个版本的演绎……

去云冈看云，看云冈之云。

赏析

去云冈看云，看的不只是天上云，更是呼啸而来的历史风云。文章有两条重要线索，一是与云冈相关的历史变迁，二是关于“云”的写景线索。

先看历史线索。武州山系拓跋鲜卑人的仙山灵山，文中贯穿了这一历史的发展脉络。拓跋鲜卑氏走出嘎仙洞——拓跋鲜卑统一北方——魏晋南北朝——开凿云冈石窟——两组双窟——第20窟，这是一组由远及近的宏大镜头，由广角到特写，充满了视觉的冲击感。云冈，是有着浑厚底蕴的鼎重存在。

再看关于“云”的写景线索。作者巧妙地把历史与写景虚实结合，以“云冈云”贯穿历史的记忆,把历史的回眸定格于“云冈云”的描绘。

武州山崛起时，“大地随之孕化了一片云冈云”，“游牧民族拓跋鲜卑人，穿越茫茫草原，把故乡嘎仙洞上空的云一路带将而来”。这是第一次对“云”的奇崛想象和描绘。

“一卷大风袭过，一幅风起云涌、狂涛怒卷的天象图景，便高挂在对面山巅。那云势浓烈蒸腾，恢弘豪迈，若千军万马、铁流滚滚”，这样的景象，“俨然象征和演示拓跋鲜卑统一北方的一场场浴火而生的惨烈战争”，这是拓跋艰苦卓绝的统一。

“风静云舒，花儿朵朵”，“毡包炊烟，牛羊悠然”，这是民族和融的明媚景象。

“一个月色如画的春夜，云冈云随风潜入北魏文成帝和高僧昙曜的睡梦”,这是光天华地的昙曜五窟,辉煌千年的云冈横空出世的遐想。

“云冈云冉冉而升，款款浮动，薄云丽月，月新云灿，正是一月染白千云身，千云洗明一月骨。”这是今日清明安丽的云冈。

“两道灼灼金晕跃动飞舞之下，便有一股紫气冲天而起，并在瞬间形化为一只庞然云物。”这是云冈大佛起舞龙吟，给人间的神启。

串起这一篇云冈云的,还有若隐若现的时间线索:初、蓦然、俄顷，暮色如潮，作者思接千载，视通万里，让我们看到了云冈的过去现在和未来。

散文最重要的是“形散神聚”，让这篇文章凝聚在一起的，不只是历史，不只是云冈云，也不只是时间，更重要的是作者胸中涌动的，对云冈浓浓的自豪与热爱，如彩线串珠串起对祖国大好河山的颂赞。

（山西省大同市云州区第一中学　宋晓芳）

中国古代雕塑艺术之都

最是一年春好处，绝胜烟柳满皇都。

拨开岁月苍茫的尘雾，撩起历史神秘的面纱，三代京华的千年皇城，拓跋北魏、契丹辽、女真金相继而建的游牧王朝，并没有沉落在历史的尽头，而是藏隐在一件件精美绝伦的雕塑艺术作品之中。甚至大唐、大明王朝，雕手塑足，都在这里留驻着鲜活的风姿。

云冈 51000 余尊石窟造像，华严寺 29 尊辽代雕塑，善化寺 34 尊金代塑像，曲回寺 43 座唐代石雕佛像，云林寺 25 尊明代泥塑……大同，一座中国古代雕塑艺术之都，一个惊艳在雕塑画廊里的城市。

雕塑，是人类最古老的一种造型艺术。童年的人类，在手之舞之足之蹈之的同时，用石头或猎获的兽角兽骨，在山岩、树木直至陶瓷器皿之上，刻雕心灵的驿动，录音情感的颤响。而曾经在大同这片土地上建功立业的马背民族，或许是他们的天性更为率真更为朴素，于是在选择承载审美理想的艺术形式时，几乎都格外钟情并亲密地选择了雕塑。

大同古代雕塑艺术在恢宏奔放的延展中，兀然崛起三座奇绝的高峰。每一座高峰都披挂着一个王朝浓烈蓬勃的色彩，回响着一个王朝洪亮金灿的笑声，叠印着一个王朝逐鹿争雄的影像。

第一座高峰“横空出世莽昆仑”，当属云冈石窟造像；第二座高峰“金壁艳丽焕如新”，应为辽金塑像；第三座高峰“飞天跃海逗春雨”，自是明朝龙壁琉璃彩塑。

这三座高峰，可以概论为“云冈风范”“华严风格”“九龙特色”。

大同雕塑因了皇家工程，横断面地阅读，具有极强的时代性。一座雕塑峰峦就是一个王朝的面孔，其生动的表情显现着丰富的内心世界；每一座雕塑峰峦连缀起来，便呈一道清晰的历史山脉，结构成一条王朝更迭承传的生命之链。

大同古代雕塑具有鲜明的历史特点

一是皇家风范，皇朝气派。无论云冈石雕，或是华严寺、善化寺及九龙壁彩塑，皆为皇权的产物。北魏王朝定都大同并在此辉煌百年，其间，举国家之力，调用工匠万千，不惜用半个多世纪的时光，精心雕造了“雕饰奇伟，冠于一世”的鸿篇巨制——云冈石窟；契丹贵族建立的辽朝和女真贵族建立的金朝，续北魏王朝之“香火”，都把大同作为首都称“西京”，并泥塑彩绘了美轮美奂的华严寺、善化寺佛像。明王朝皇帝朱元璋之子朱桂受封代王，其王府设在时为九边重镇的大同。为展示大明王朝盛世气象，无愧大同皇都龙脉之地，朱桂依仗权势，动用国家财力，大兴土木，建造起了烜赫一时的代王府。并充分利用大同独特的瓷窑火焰、精湛的琉璃技艺，塑造烧制成了气势宏美的府前照壁“九龙壁”。清王朝曾派多尔衮屠城大同，惨象惊怖，罪孽深重，却也对云冈石窟做了不少保护，甚至在第6窟留下了4尊皇家泥塑。

二是佛光流照，梵音回荡。大同，曾以佛国龙城扬名于华夏九州，云冈石窟、华严寺、善化寺，不仅都以佛教为神圣主题，而且皆为佛教兴盛的产物，堪称佛教艺术的结晶。佛教肇始于东汉，盛于北魏，影响辽阔而久远，波漾韩国与日本。契丹、女真贵族原都信奉流行于中国北部边地的萨满教，后为扩大对汉族地区的统治，向北魏看齐，转而推崇佛教。华严寺和善化寺，曾经“金铺佛焰，丹漆门楹，供设俨然，粹容赫焕，香灯灿列，钟鼓一新”的气象，虽已被岁月的风雨带走，但昔日崇佛重教、兴弘三宝的景况，尚可通过历史遗存的鉴照，在我们的想象中复原。

三是千波一流，独树一帜。大同古代雕塑，特别是云冈石窟雕刻，荟萃世界雕塑艺术之精华，艺术地反映和再现了多民族融合的景象，是多民族文化融合的产物。世界雕塑有两大艺术宝库，一个是以希腊为代表的西方雕塑艺术在印度交融生成的犍陀罗、秣陀罗艺术，一个是融会犍陀罗、秣陀罗艺术以及中国西域和中原汉族雕塑艺术而成的云冈石窟造像艺术。大同在北魏时代不仅以皇城雄姿巍然百年，且以一座多民族血统和多民族文化融合的大熔炉，在中华文明史上熊熊燃烧了一个世纪。而这一炉火的光芒，穿越岁月的云雾，五彩地照耀在辽金时代的原野上。大同华严寺、善化寺以及九龙壁华彩塑像，不仅折射着多民族融合的光影，而且也是多民族文化艺术交响的凝固。仅从表象的一个角度读取，由于各民族的同化，华夏汉民的相貌趋近趋同，而云冈大佛和华严寺、善化寺的塑像，魁身宽肩，高鼻阔额，艺术地保留了草原民族独特的风采与模样。

大同古代雕塑具有鲜明的艺术特色

一是雄奇独特。从云冈石窟到华严寺、善化寺，再到九龙壁，一路赏心悦目地走来，我们无不为视觉的冲击和心灵的震撼所激荡所鼓搏。云冈石窟，莫不是史书有证，或许我们会心生疑问，其为人工所雕乎？抑或天神所开？华严寺、善化寺“壮丽严饰，稀世所有”；作为中华民族古老图腾之一的龙，是民族理想的化身，民间吉祥愿望的寄托，《易经》首卦“乾”就有“见龙在田”“飞龙在天”之语。以龙塑壁，塑壁雕龙，从皇宫到民宅，不为罕见。然而大同九龙壁，从雕塑时间、体量到造型艺术，在中国都首屈一指，可谓龙壁观止。

二是温暖世俗。云冈著名的昙曜五窟，“真容巨壮，世法所希”，虽雄大伟岸，撼人心魂，却又神态俗然，亲近亲和，端端是人化之佛，佛化之人。据《魏书》记载，乃秉承北魏文成帝“令如帝身”之圣旨，按照北魏五位帝王之身而雕凿的五尊佛像。其余万尊佛像，百般神态，皆一样亲和慈悲，微微含笑。那细眉长目与弯翘嘴角间盛开的永远的微笑，使庄严的佛门圣地气氛轻松明快、和美融融，把走来走去的人们的表情和心情照得一片温暖鲜亮。云冈的艺术、云冈的魅力，或许就是微笑的艺术、微笑的魅力。云冈大佛的微笑，是人间最美的花朵，是世界上最和煦的阳光。以云冈为标志，佛教中国化、世俗化进程揭开了恢宏盛大的序幕；而“华严寺……内一铜人，衮冕帝王之像，余皆巾帻常服危坐，相传辽帝后像”（《山西通志》）。《辽史 · 地理志》也说：“清宁八年（1062 年）癸未，西京建华严寺，奉安诸帝石像、铜像。”金大定六年（1166 年）金主世宗亲临“西京，幸寺观辽诸帝像，诏主僧谨视之”（《金史·世宗纪》）。观华严寺、善化寺菩萨塑像，其或坐或站，或扬手，或合十，适如专家所评，“走进殿堂，恍如置身在人群之中，全无一般佛殿中那样静寂、肃穆的感觉。……虽说是佛、菩萨的形象，但她们是人间的‘神化’。生动传神，完全突破宗教造像的拘囿，赋予它们以鲜明的个性”。

三是精美绝伦。云冈石窟一窟一龛一造像，一雕一塑一世界。或千佛满壁，或一尊奇伟，或二佛对坐，或飞天翔舞。本为人造，疑似天开，登峰造极，无与伦比，堪称世界瑰宝。辽金彩塑，有学者评说，其“比例合乎自然，表情特别生动”，比晋祠圣母殿塑像更佳，是不可多得的艺术精品。九龙壁“金壁艳丽，焕乎如新”，动静相生，旋律悠扬。九条龙于极具夸张的飞爪舞趾、腾云跃水之间，气象万千地照射出神态跃然、栩栩如生的皇家风采，俨然中国成语活龙活现的绝妙注释。

大同是中华民族心路历程的一个特殊驿站，是中华文明的一个历史拐点，其以广度和深度的民族融合为巨大贡献，在中华民族史册里闪耀浓墨重彩的一笔。特别是北魏王朝，宗黄帝之根，续秦汉之制，挽东晋之衰，托大唐之盛，统北方之一，融华夏之脉。在中华文明气势磅礴的乐章里，演奏出一曲划时代的强音。版图的伸缩，政权的更迭，都不足以代表民族融合的最后解释权。唯有文化，尤其是核心价值观的趋向认同，才是民族团结、国家统一的终极力量。

大同，不仅是历史文化之都、古代雕塑艺术之都，更是多民族融合之都。大同丰饶的雕塑珍品中，藏着一段激情如火的历史，藏着一个个远去的王朝，鲜活着一个个生龙活虎的游牧民族。从大同古代雕塑艺术的入口进入，我们会领略到一段充满艺术光彩的中华民族历史，发现和找到我们自己昨天的影子。

千秋一镜胡汉月，万古九重大同天。

赏析

本文结构完整，条理清晰。文章一开始在历史的视野中回顾了三代京华的千年皇城，拓跋北魏、契丹辽、女真金相继而建的游牧王朝，之后顺势引出这些历史就藏在雕塑艺术作品之中，从而直接点明大同这座中国古代雕塑艺术之都，之后从三座高峰、历史特点、艺术特色几个角度去介绍，最后将视野开阔至中华文明和民族融合的角度，从而将大同的文化价值推到了新的高度。文章过渡自然，由浅入深，带领读者逐步领略到了大同的非凡魅力。

本文引经据典，文采斐然，文学底蕴深厚。以韩愈的“最是一年春好处，绝胜烟柳满皇都。”来引出全文，既点明了大同的皇都身份，又体现了大同璀璨夺目的价值，可谓生动贴切。“横空出世莽昆仑”“雕饰奇伟，冠于一世”的云冈石窟，“金壁艳丽焕如新”的辽金塑像，“飞天跃海逗春雨”的明朝龙壁琉璃彩塑，这些诗句的引用，不仅言简意赅地传达出了不同雕塑的鲜明特征，又饱含情感，增强了文章的表现力。在介绍大同古代雕塑艺术特色时，雄奇独特处引用了《易经》，温暖世俗处引用了《魏书》《山西通志》《辽史·地理志》《金史·世宗纪》等著作，这些作品都巧妙地融入大同古代雕塑的鲜明艺术特色中，又彰显了大同悠久的历史和深厚的底蕴，典雅生动，极富说服力和感染力。

本文使用了大量的四字词语。王朝浓烈蓬勃的色彩，洪亮金灿的笑声，逐鹿争雄的影像；三座高峰“云冈风范”“华严风格”“九龙特色”的精妙概括；皇家风范、皇朝气派、佛光流照、梵音回荡、千波一流、独树一帜的历史特点；雄奇独特、温暖世俗、精美绝伦的艺术特色……这些四字词语都用得恰如其分，使文章内容精炼，句式整齐，达到言有尽而意无穷的效果，让读者回味不尽。

（山西省大同市第七中学　李改霞）

李改霞，女，1997年生，山西大同人，山西省临汾市作家协会会员。任教于山西省大同市第七中学校，中学语文教师。

云冈魂

智慧的人类，自古就创造了保存自己历史和文明的方式与途径，并以此作为自我生命的验证、不灭和延伸，如钟鼎、器皿、竹帛、书籍、碑碣、石窟……作为载体的这些物质，在不辱使命、恪尽天职的同时，也便成为一种具体的历史、文化、艺术珍品。

“西湖一勺水，阅尽古来人。”一天清晨，博尔赫斯迎着初升的太阳，又一次大声诵读了一遍卡莱尔 1833 年写的一段话：世界历史是一本无限的神圣的书，所有的人写下这部历史，阅读它，并且试图理解它，同时它也写了所有的人。接着，他顺着思路，写下自己的一句名言：当我们看一本古书的时候，仿佛看到了从成书之日起经过的全部岁月，也看到我们自己。同一个意思，被美国前总统林肯尊为“美国孔子”的爱默生说得更为具象和直白：数百万计阅读拿破仑的逸事、回忆录和传记的读者，每个人都喜欢这些内容，因为他们是在其中研究自己的历史。

我要说的是，云冈石窟就是一部神圣的书，就蕴含有博尔赫斯那样古书的意义。它不仅让我们逼真形象地领略和感受到人类历史的风云，也让我们从中发现和欣赏到自己的影子，区别只在于云冈石窟不是文字，而是形象和物象；不是印刷在纸上，而是雕琢在石头上；不是插放在图书馆或书斋里，而是矗立在大自然的博物馆中。或者它“就像一面从街上扛着经过的镜子，时刻准备着反射出每一种创造物的形象”，这是爱默生的又一个天才比喻。正如禅学《宗镜录》所说“举一心为宗，照万物如镜”，《宝镜三昧歌》所唱“如临宝镜，形影相睹，汝不是渠，渠正是汝”。

我们十分熟稔却又觉空泛的“历史”一词，就这样被云冈棱角分明地凸显出来：历史的骨骼、历史的血肉、历史的体温、历史的咚咚心跳、历史的坑洼深浅、历史的悲欢离合，或粗糙干涩，或细腻光滑，一伸手便可从云冈触觉出切肤之感。那里有我们的疼痛和兴奋，有我们深长而剪割不断的脐带。

建筑和雕刻，不仅系石窟所依，且常常被视为测评一个国家文明的尺度。“人类没有任何一种思想不被建筑艺术写进去”，我们观察到，雨果说这句话的时候，身后的背景正是巴黎圣母院。而雕刻，更是人类最早破土而出的艺术之苗，它青青翠翠地把春天般的活力蔓遍人类所有的建筑。

石窟是依傍河畔山崖开凿的佛教寺庙的简称。佛教石窟渊源于印度。中国石窟历史和文明悠久而漫长，主要以敦煌、云冈、龙门为杰出代表。云冈凭借独特的石质条件和开凿的政治历史背景而闪烁着鲜明的个性光泽。

云冈石窟不仅仅以纯净的石雕别样于敦煌莫高窟的泥塑和壁画，不仅仅以开凿期早、气势恢宏超乎着龙门石窟，也不仅仅是在敦煌莫高窟和龙门石窟之间，架起一座创新、发展石窟文化的桥梁，更显著的区分是：敦煌莫高窟与龙门石窟一样，建造年代跨度大，是在几个朝代更迭交替中起起伏伏、断断续续完成的，上面不可避免地打着各个朝代的铭记和烙印，就像曹雪芹、高鹗相续写就的《红楼梦》，原著和续者文笔的参差，使作品留下难以熨平的接缝；而云冈石窟，却是一部由一个民族用一个朝代集中时间、集中人力物力一气呵成的杰作，恰如王勃即兴而赋的《滕王阁序》，一挥而就，浑然天成，“织锦有迹，岂曰蕙娘；修月无痕，乃号吴刚”，并在“那一气到底而又缠绵往复的旋律之中，有着欣欣向荣的情绪”。

作为国家意志的物质体现，云冈不仅“暗示”着公元5世纪、北魏王朝信仰佛教的满腔热忱和经济文化的高度繁荣，而且由于皇家主创，整体布局统一合理，各个洞窟有机连贯，每一窟造像秩序井然，可谓意若贯珠，像如合璧。“其贯珠也，如夜光走盘，而不失回旋曲折之妙。其合璧也，如玉匣有盖，而绝无参差扭捏之痕。”“虽由人造，苑自天开。”

作为帝王的直接行为，云冈完整地把一个王朝的百年大业、精神风貌、意识形态、社情民俗，形象化艺术化地缩影、镌刻在一壁岩石之上。历史学家黄仁宇论说云冈“既供美术展览，也是通俗的博物馆”，因为它保存了北魏“社会史和经济史上的真迹。……要不是这石窟在荒野中替中国中世纪保存这一份文物，而将金碧辉煌的佛像置之通都大邑的话，恐怕也就像中国古代的建筑一样，早经兵燹而荡然无存了”。考古学家阎文儒对此也深有感触：云冈石窟造像艺术今天之所以成为中华民族的宝贵遗产，是因为人们可以从这大批造像艺术中，见出当时社会各阶层的风俗习尚，为研究北魏阶级社会提供文献上所见不到的实证。

阿富汗国家博物馆，用一条穿越战火的横幅告示人们：一个国家，只有它的文化和历史活着，这个国家才活着。云冈，鲜卑人留赠我们的一件百宝箱。云冈，拓跋氏遗存于人类的一册全石化百科全书。

面对兀然如“横空出世”一般的云冈石窟和窟中一尊尊一件件“奔雷坠石之奇，鸿飞兽骇之姿”的佛与物造像，你就仿佛沉浸在天方夜谭那样不可思议的神话仙界，仿佛步入“天机云锦用在我，剪裁妙处非刀尺”的羽化胜境。

一洞一窟一经书，

一龛一佛一世界。

一花一石如有意，

不语不笑也留人。

莲花，千年的莲花，濯洗、净洁、盛开如初；忍冬仙草，葳蕤、葱茏、荣而不枯。它们像信仰，像暗喻，像激情和想象，祥云般在佛国天空长满常青之色。护法神鸟折扇般的羽翼，开合、颤响，演绎人类天下大同的理念。人间梦寐向往的真善美，犹如净瓶花露，从飞天音乐般悠扬的甩袖、翩然而翔的衣袂中洒落。工匠们那一弓一挺的身影代表着时间的节奏，一弧一闪的手势是一支无与伦比的舞蹈，蓄满虔诚和力量的胸脯阳光般起伏跳动……滚滚红尘中走来走去的人们，像风带走田野上的果香，把石窟和大佛的故事传扬到世界各地、天涯海角。

一只小鸟，当它掠过你的视野时，它就是哲学的存在，录在你印象里的鸟影就是意识。而你的意识之鸟与存在之鸟不尽相同，也与别人头脑里的意识之鸟同中有异。

红梅绽雪，一帧令人眼睛为之一亮的新美。《红楼梦》里有“琉璃世界白雪红梅”的章回。踏雪寻梅，生活中一束古色古香、超凡脱俗的相约。有人看梅花之艳，有人读雪之银灿，有人品梅雪之恋，有人望见寒意料峭的春天。

日本画家古永小百合站在云冈“鸠摩罗天”之下，久久不肯离去，喃喃自语：这是东洋和西洋艺术的巧妙结合，就是希腊的雕刻与塑像，也难以媲美。

英国一位剑桥大学的教授，那双碧蓝的眼睛，被云冈第 13 窟四臂大力士托举主像巨臂的奇特构图惊讶得又大又圆。他用略带生硬的中国话说，这是力学美的明珠，是力学的天才想象。

培根说数学是关于美的科学，出于对数学的强调。艺术从一开始就具有科学的成分，任何一门科学都贯穿了美学原理，每一种艺术的基座都是一朵科学的“莲花”。赫胥黎就曾把科学和艺术巧妙地比作是自然这块奖章的正面和反面：“它的一面以感情的形式来表达事物的永恒的秩序；另一面则以思想的形式来表达事物的永恒的秩序。”生物学发现的“双螺旋”，物理学揭示的原子“雪花状”，化学分子的结构式，都是精美别致的艺术品。

云冈从开凿技术到雕刻艺术的花蕊中，处处散发着科学的芬芳，云冈就是科学的结晶。据考证，当时开凿云冈的程序是：自上而下，先用器具凿出环状沟槽，再将整块石头撬起，高层由明窗取下，低处自窟门移出。采出的石料，被“一条龙”地用作北魏别处的建筑。性灵的“云冈石”，坚实地撑起北魏一座座雕梁画栋，亭台楼榭。云冈第 5 窟与第 6 窟两窟所隔之壁，仅有厘米之厚，几乎就是一张“壁纸”了。石壁两边都雕满数寸大小的佛像。即使绘画，下笔若是重了，也随时会有穿透之险，何况此处是金石雕镂！

在周围一片啧啧赞叹和唏嘘声中，我听到这样的评论：云冈和长城一样属于奇迹……不，同属于奇迹，凿塑云冈与打造长城的初衷、用意和功利，却是显著的不同。

长城是为防御外侵而采取的一种无奈和消极的行为。云冈，则是一个民族、一个王朝自我心理和精神意志的物化、观照、塑造、刻划、凸现，一个成功民族成功的写照、炫耀、宣泄，一个强盛王朝强盛的明证、张扬和昭示。

而这一切，却是在“不着一字，尽得风流”的意境中完成实现的。“书不尽言，言不尽意……立象以尽意。”云冈石窟把一个王朝无限的思想、无尽的语言和一个民族永远的灵魂雕进了一壁岩石，雕成了与人间相对应的丰富生动的世界。

“逍遥一世之上，睥睨天地之间。”站在云冈面前，我们在心灵感受到台风掠过般震撼的同时，不难读出那个横刀策马、力挽风雷，从远山脚下、大草原深处驰骋而来的名叫拓跋鲜卑的民族，他们在夺取丰功伟业之后，“车辚辚，马萧萧”，流露出的胜利喜悦、微笑、自豪、骄傲、轻松、自信……

《圣经·创世纪》宣扬：“神说：‘我们要照着我们的形象，按着我们的样式造人。’”拓跋鲜卑人反其道而行之——我们要按帝王模样去造佛。

黑格尔曾说：法国人有句俏皮话，上帝按照他自己的形象创造了人，但人也回敬了上帝，按照人的形象把上帝创造了出来。——拓跋鲜卑人就是这种大无畏实践者。

兴安春日，北魏平城惠风浩荡，飞霞铺彩。流金泻银的永安殿吱呀一声，宫门开启，昂然走出早春二月那样风华正茂的文成帝。早已候在圣殿之外的僧人工匠海浪般跪拜：吾皇万岁万万岁。文成帝目光炯炯，亲谕圣旨：凿石造佛，如我帝身……

凿石造佛，如我帝身——云冈开窟造佛的宗旨、主题和本意，并辅之以宗祀礼制系列内容做形象化的诠释。拓跋鲜卑巍然把大写的人雕塑在上苍与厚土之间，何等胆略和气魄！天地为之惊悸，鬼神为之惧泣!!

凿石造佛，如我帝身——贯穿云冈石窟构建始末的一脉精魂云冈魂，它的超强创造力和生命力，注定云冈在人类石窟苑中，以一枝出墙红杏的新美，惊艳世界。

魂即精神。古人说，“精神居形体，犹火之燃烛矣”。李可染曾用八个字精辟概括山水画创作的真谛：“可贵者胆，所要者魂。”康德对灵魂有一个经典和权威的定义：“心灵中起灌注生气作用的那种原则。”比如风之容颜，虽然不具绿水青山那样的可视性，但会通过树枝的颤动、麦浪的起伏、燕子的斜飞、云朵的舒卷……显现它的存在、作用和魅力。

康德后面的话，说得更为深刻，深刻得叫人惊心动魄：“某些艺术作品，虽然从鉴赏力的角度来看，是无可指责的，然而却没有灵魂。一首诗，可以写得十分漂亮而又优雅，但却没有灵魂。一篇叙事作品，可以写得精彩而又井然有序，但却没有灵魂。一篇节日的演说，可以内容充实而又极尽雕琢之能事，但却没有灵魂。甚至一个女人，可以说是长得漂亮、温雅而又优美动人，但却没有灵魂。”

依照帝王之身而雕造佛像，就是为云冈石窟灌注生气的“那种原则”。这一“原则”使得云冈吸附了鲜活无比的灵魂。拓跋氏的领袖、鲜卑族的民族英雄，慨然与佛平起平坐，共享秋色。帝即佛，佛即帝，造佛为表，塑帝是本。庄严神圣的佛，传达显示的是帝王精神、意志、风范、气概、力量、博大。

云冈魂不仅仅是以帝王为模本而雕成尊尊佛像，而且在于把整个拓跋氏的心路历程、北魏王朝的时政气象、民族融合的历史态势，都一一包孕了其中。

云冈魂终成北魏兴盛佛教的时代之魂，连臣民庶人也有资格“拟状金石”，“随像拟仪”，为自己造像塑身。据史料介绍，太和十九年，有七女为其夫及儿女造三尊释迦佛像；山东青州佛教造像窖藏，不仅始于北魏，且以北魏时期造像最多、形体最大和最具代表，其中又以北魏永安二年一位叫韩小华的信徒为其夫造三尊佛像，最为完整和精美。

云冈魂流衍成为龙门之魂，统摄着龙门石窟的建造。景明初，世宗在“洛南伊阙山，为高祖、文昭皇太后营石窟二所。……永平中，中尹刘腾奏为世宗复造石窟一，凡为三所”。

云冈魂扇动御风凌空的翅膀，鼓搏河西、陇东的敦煌、麦积山和中原腹地的天龙山、响堂山等石窟，伴它飞升到一个崭新的界域。

拓跋氏帝王站在与佛比肩的高度，召唤芸芸众生：听从我的统治吧，我就是佛，我会广种福田，带你们走向无边的福乐……

当然，开凿云冈的意义不全部在于表达和发抒北魏王朝意志上，其与一宗“灭佛”事件、一场“兴佛”风潮密切关联。

太平真君七年，为镇压“盖吴起义”，拓跋焘御驾西征，途经长安一座寺院，触目惊心地发现暗藏的弓箭矛盾等武器、聚敛的财物和淫乱窟室。拓跋焘几乎是本能地意识到，鲜卑人茹毛饮血、筚路蓝缕打拼得来的胜利果实，正遭遇巢覆卵尽的险情。卧榻之侧，岂容他人酣睡。同时，他敏锐地认为，扼杀佛教、弘扬道教的契机正在降临。“天助我也”，拓跋焘激动得咬牙切齿。拓跋焘不愧是从刀丛剑林中突围冲杀出来的王者，他目光如鹰，断若迅雷，剑锋直指佛教，一切做得干净利落。在一片灭佛的黑色恐怖中，国中多少塔寺纷纷坍塌，佛像经卷焚烧一炬，“莫不毕毁矣”。

太武帝拓跋焘遂以“三武一宗”灭佛的“第一武”，成为中国佛教史上向佛教发难的始作俑者，并开了权、佛之争中以权灭佛的先例。

佛家不幸道家幸。太武帝灭佛兴道，成为道教生涯的一次重大转折，从此中国道教由微而盛，由弱而强，旗鼓相当地与儒、释抗衡，终成三教鼎足之势。赵朴初在将《佛教与中国文化的关系》做了一番对比研究之后，振振有词道：魏晋南北朝以来的中国传统文化已不再是纯粹的儒家文化，而是儒佛道三家汇合而成的文化形态了。

推陈出新，不破不立；山高月小，水落石出。太武帝灭佛的动机终于浮出水面，谜底昭然揭晓。灭佛为了兴道，兴道为了正名。梁启超一语切中要害：“北魏太武帝、北周武帝、唐武帝（宗）三次摧残佛教，其动机都因与道教争风。”拓跋焘要以剑的名义向世人宣告：奉道教为信仰是作为黄帝苗裔正统血脉的必然选择。

“万物皆有两端，当心错的那一端。”“灭佛”是一柄双刃剑，灭佛风暴卷过，朝野上下谈“佛”色变，噤若寒蝉，生龙活虎的北魏王朝被一片铅灰色的沉闷和寂寥所笼罩，这不符合鲜卑人的性格，不利于鲜卑大业向前推进。加之，灭佛之后的数年，北魏陷入多事之秋：三朝重臣崔浩被诛，太子拓跋晃不白之死，太武帝拓跋焘无端变疯……人们议论纷纷，疑是灭佛招致的报应。北魏王族深受刺激，不寒而栗。于是，七年后出现强劲反弹，一经即位的文成帝，第一件大事就是矫枉过正地来一个大肆复法兴佛，且一呼百应，势如春潮带雨，迅捷营造出“天下承风，朝不及夕，往时所毁图寺，仍还修矣，佛像经论，皆复得显”的盛况。欲使从月亮上带回的石头重现清辉，最好是把它再放回到原处。“流波将月去，潮水带星来”。冬天从这里夺走的，春天会加倍地送回来。

文成帝此番“兴佛”，十分的用心良苦。他“明修栈道，暗度陈仓”，责令实施者按照皇帝形象在云冈凿窟造像，实质上“兴佛”即是“兴帝”。这样一来，就极为巧妙地消弭了佛与帝的对立，成功地化解了二者之间的芥蒂。那尊“兴安石像”，甚至将文成帝拓跋濬脸部和脚上数枚黑痣，按比例再现出来。后沙门统昙曜主持在武州山云冈“开窟五所”（即今第16、17、18、19、20窟）时，就秉承文成帝旨意，对应拓跋鲜卑五个帝王——道武帝、明元帝、太武帝、景穆帝、文成帝，逐一而雕造了五座主像。

“不畏浮云遮望眼，只缘身在最高层。”文成帝“帝佛合一”的理念，虽接轨于华夏“天人合一”“天人感应”的传统思维，然而却更为响亮，更为旗帜鲜明。萧何曾向刘邦进言：“天子以四海为家，非壮丽无以重威。”文成帝在武州山为五个帝王开窟造像，把“天人合一”的思想推向了极致，也使天子之威飚升到登峰造极、无以复加的高度。

昙曜系西域高僧，太武帝灭佛之时，逃匿民间。但他菊残枝傲，岁寒松翠，身如芭蕉，中无有坚。“法服器物，不暂离身。”期待灭佛的噩梦驱散，重现佛光普照的天日。

文成帝复法兴佛、召见昙曜的圣旨传来，他呜呜然好生痛哭一场。丈夫有泪不轻弹，只缘未到伤心处。之后，打点行装，星夜赶赴京城。

昙曜并未急于入朝拜见文成帝，而是径直来到心目中的灵岩圣地武州山。他仰望山顶那片金光闪闪的落霞，望成一件披在武州山身上的辉煌袈裟。昙曜烛然如见印度的灵鹫山、敦煌的三危山，还有师傅师贤、前辈法果和莫高窟的创始和尚乐樽。并透过太武灭佛的血案，冷静深刻地悟出一条道理：佛要生存兴盛，只能与皇权相生，而不可相克，否则，皮之不存，毛将焉附。昙曜顿觉心牖洞开，眼前雪亮，一片佛光梵影如千朵万朵莲花在身边绽放簇拥，他便双手合十，默默誓发宏愿：“于京城西武州塞，凿山石壁，开窟五所，镌建佛像各一。”

于是，“端州石工巧如神，踏天磨刀割紫云”，山下数十里的武州河畔就爆发成一片欢腾的海洋，不论烈日烘烤如麦芒刺扎的白昼，不论七颗北斗星像古莲一样绽放的长夜，就熊熊不灭地震响起了丁丁当当的金玉之声、钟吕之鸣……

于是，大佛的一颦一笑、莲花的一舒一展、飞天的一屈一伸、琵琶的一弹一拨，就在凿凿琢琢、平平仄仄的节奏和韵律中，深入浅出地清晰起来、明亮起来、生动起来。或“石含玉润，鉴照映彻”，或“鳞甲飞动，每天欲雨”，或“天衣飞扬，满壁风动”，或“娟婵春媚，云雾轻笼”，或“庄如羿射九日落，矫如群帝骖龙翔。来如雷霆收震怒，罢如江海凝清光”，或“高华则朗月繁星，雄大则泰山乔岳，圆畅则流水行云，变幻则凄风急雨”。并以生机盎然的光芒，照耀脚下春来秋往的土地、头顶上斗转星移的天空，还有身边流动不息的风。

有感于此，我曾在《谁能读出大佛眼睛后面思绪的火焰》一诗中想象：

文成帝拓跋濬　御旨

雕石造佛　如我帝身

摄行坚贞　风鉴闲约的

昙曜　会心而笑

两人的手紧紧握在一起　握成

帝与佛的完美璧合　握成

光天华地的昙曜五窟　握成

辉煌千年的云冈　握成

灌注云冈不朽生命的云冈魂

云　冈　魂。

赏析

“人类没有任何一种思想不被建筑艺术写进去”，法国作家雨果如是说。云冈便如是完整地把北魏王朝的百年大业、精神风貌、意识形态、社情民俗，形象化艺术化地缩影、镌刻在一壁岩石之上。

透过这一壁岩石，我们看到整个拓跋氏跨马弯弓，壮怀激烈，逐鹿中原，挥鞭断江的心路历程，也看到了绿色游牧与金色农业的民族融合的历史态势，更看到了北魏王朝站在与佛比肩的高度，召唤芸芸众生，并带他们走向无边福乐的时政气象。

庄严神圣的佛，传达、显示的是帝王精神、治国理念、做人信条，与佛比肩的背后彰显出来的是一个民族的意志、风范、气概、力量、博大——这便是云冈背后的一脉精魂。

本篇文章辞章优美，激情洋溢，读来引人入胜。选材涉猎中外，纵横古今，引经据典，极尽散文之“散”。尤其善用想象，再现历史场景：

拓跋焘激愤灭佛、文成帝亲谕圣旨、昙曜圣朝武周山、工匠们凿石造佛……这些场景的再现，形象而有趣，将史料与文学、文献与鉴赏巧妙地融为一体，显得庄严、凝重、大气、豪迈，读来给人一种强烈的震撼。

作品构思缜密细腻，想象天马行空；作者眼光深邃幽远，学识博古通今，能将文、史、哲熔于一炉，足见作者深厚的文学底蕴和曲尽其妙的表达功底。这样优秀的作家可谓是“景星凤凰”，这样的散文作品确实是不可多得！

（山西省大同市第二中学　王永杰）

自然、文化与生命交融的多维审美空间建构

——评聂还贵散文集《写在人生的插页》

/ 廖高会

打开聂还贵的散文集《写在人生的插页》，扑面而来的是馨香的书卷气息，其中散发着浓郁的文化韵味，激荡着深厚的人文情怀，闪现着精警的智慧火花。《写在人生的插页》主要围绕着自然、文化与生命三大主题展开抒写，从而建构出内涵丰富的多维审美空间。该作品集题材广泛，涉及读书、教子、旅游、母爱、环境保护、乡风民俗、童年回忆、自然风光、人文地理、神话典故、历史人物、生命哲思、文化解读和艺术反省等。不同的题材内容皆因贯穿着赤子之情而成为一曲曲融合了真善美的交响乐。而这些乐曲中却又始终回荡着赞美与焦虑的双重旋律，无论是对自然与生命的礼赞，还是对现代人生存环境日趋恶化的焦虑，皆源于作者强烈的责任感与使命感。在一个人心浮躁的物质化欲望化时代，作者仍然保留着对自然、生命与文化的赞美热情与赤子初心，积极发掘自然和历史文化中隐藏着的人文精神，在为读者提供知识与精神宴飨的同时，也用富有魄力的笔触敲响了文化复兴的奋进鼓点。

《写在人生的插页》从物质、文化和哲学三个层面揭示自然、文化与生命的存在奥秘。这三个层面又分别对应着物质家园、文化家园和精神家园，而几种家园形态的和谐交融与发展，成为作者的文化想

象和审美冲动，这也正是其散文创作的精神动力。

作者在这部散文集中抒写最多的是家乡的人事山水，这属于最基本最显在的物质家园层面，其中以乡村景观和山水自然等物质形态为抒写主体。在《请托一个梦给我，母亲》中，作者赞美了母亲吃苦耐劳、克勤克俭、坚强踏实、骨气铮铮以及对子女爱而不娇等品质，但这种曾普遍存在于乡土社会中的美好品质，不再为年轻一代所看重，因而作者在深情怀念母亲的同时，也流露出一种文化断裂的忧思。《杏花殇》对杏树所具有的生命力以及散发出来的自然魅力进行了赞美，作者在短短几百字的篇幅中摇曳起伏的情思，于遗憾中寄托着怜爱与希望。《太阳从桑干河升起》中人物、村庄、河流、稼穑等物象与鸡鸣狗吠交织成一幅田园风情图，作者对现实与历史、个体与族群、自然与人文进行有机的关联，并指出桑干河隐藏着民族的文化基因与生存密码，承载着厚重的历史文化内涵。作者对人与自然的认知是具体、鲜明、深刻而成熟的，文中流露出一种浓郁的乡愁情结。《黄河交响诗》是一曲歌唱母亲黄河的交响曲，其中蕴含着自然与人类和谐交融的赞美，也饱含着赤子对母亲河由衷的感恩之情。《又闻青草香》既是童年生活的抒写，也是对传统农村的回忆，其中雨天的闲情与村人的情趣，雨后孩子们到地里割草的情景写得情趣盎然，富有浓郁的乡土气息和田园诗意色彩，整个短文也因此散发着扑鼻的野草香味。《去云冈看云》中对云的描写传奇而富有神韵，云多姿多彩，堂皇迷离。作者能从眼前所见展开联想，视界阔大，神思飞扬，触类旁通，从云联想到云冈石窟，再联想到昔日鲜卑族风潮涌动的迁徙活动以及浴血奋战的宏大历史场景。作者的语言铿锵有力，昔日金戈铁马的场面以及民族融合的景象如在目前，灵动的笔触让历史重新得以复活。作者让文化与自然勾连，历史与现实相融，情思与物象辉映，体现出天人合一的思想以及融入自然的诗性追求。《红鸽子》属于叙事散文，被多次卖出的红鸽子，总是寻找机会回到主人身边，原因是主人从来不限制鸽子的自由。文章写得真切感人，那一对红鸽子很美，而那位卖鸽子的青年更美，这是作者对生命和谐相处的礼赞。《雪泥旅迹》属于游记散文，作者记述了澳洲墨尔本、四川九寨沟、湖南张家界、山西悬空寺等地的游览经验，总能抓住山水人文特点而予以绘声绘色：墨尔本之奇在于自然与人文的和谐交融，张家界之奇在于山、九寨沟之秀在于水。作者巧妙地安排四处旅游盛景，前三者重在写景抒情，呈现出心灵与自然的交融，形成了山水自然与人物性灵的诗意唱和，而后写悬空寺的"空"，重在文化内涵的揭示，其行文显得空灵自如，慧心频发，把一个"空"字翻出若干宇宙人生的奥义，作者思想之幽深，领悟之渺远，皆可窥一斑而见全豹。

作者在对自然山水草木进行抒写之时，赋予了山水自然深厚的文化历史内涵或社会人生哲理，传达出了中华儿女所共有的民族情感，并试图通过文化内涵的阐释和人文精神的挖掘，完成理想的文化家园重构。《黄河交响诗》全篇共由五部分组成，形成黄河交响诗五部曲。作者把山川自然与人世生活相融合，既呈现出诗情画意的田园图景，也绘就了气势磅礴的山川画卷。其中饱含了一泻千里、狂放不羁的宏伟力量，也腾跃着雄姿勃发、翻飞奋进的龙的形象，传神的语言勾勒出黄河的雄奇壮美，彰显了中华民族博大的胸怀和深沉的精神气质。作者在行文之中透露出一种豪迈之气，在风格上与写花草云水的篇章形成了较大的反差。由此可见作者的笔触是灵动多变的，既可以婉约秀气精灵剔透，也可以磅礴雄迈力透纸背。作者既写河流的文化底蕴，也写山岳的人文性格。《太行魂》中的太行山大峡谷，既具有父性的阳刚，也具有母性的温柔。峡谷的幽深壮美、鬼斧神工的造型与亿万年时光相映照，作者赋予了山水自然鲜明的文化性格，这本质上是对中华民族文化性格的写照。《中国古代雕塑艺术之都》绘声绘声地描写了大同的雕塑艺术，包括云冈石窟造像、辽金塑像、明朝龙壁琉璃彩塑等绝世精品。作品行文流畅，辞采华美自然，气势贯通而少滞碍，形成了一种豪迈的抒情气势。作者赋予了这些艺术瑰宝以民族融合的象征意义和崇高的文化价值，同时也描画出一幅民族团结兴盛的美好蓝图。《青春王勃》把对历史文化名人王勃的赞美之情融入历史事实的叙事之中，而叙事之中又灵动自如地融入了抒情与议论，从而达到借古抒怀、升华主旨的目的。文章不仅写出了王勃的才气，更颂扬了王勃“穷且益坚，不坠青云之志”的精神气质。作者还进行了富有哲理的抒写，“现实活着，历史就活着。现实活在历史的旋律中，历史活在现实的歌唱里。”这不仅使历史人物的精神品质直接与现实对接，而且丰富了历史与现实之间的哲理内涵。而《河东曙光》属于文化随笔，知识信息量大，作者对河东地区历史风物、文化渊源、人物地名进行了溯源，展示了山西厚重而悠久的文化积淀。读完全文，读者对河东这片曾为中华文化做出较大贡献的黄土大地不得不发出由衷的赞叹，并因此升腾起一种家园自豪感和民族自豪感。作者始终将个人的人文情怀与民族的文化心理相融合，试图在散文艺术的审美空间中建构起寄托共同理想的文化家园。

《写在人生的插页》更为成功之处在于作者对自然、社会与人生的深切感悟，并把这种感悟上升到了形而上的哲学沉思，从而使自然和文化的抒写逼近存在的本相。《解读落叶的八种视角》对落叶不同的解读视角形成了八首短小精致的散文诗，蕴含着普遍而深刻的人生与自然哲理。其中有悲秋惜时的感慨，有窥破生命本质后的豁达，有抵达生命归宿后的超然，有落花无意庸人自扰的禅意，有火烧落叶了无痕迹的空无哲思。这些完全是作者的诗意与智慧碰撞出来的艺术火花。《含羞草》文字细腻传神，生动鲜活，而且结构也非常精妙，先写自己对含羞草的爱慕，甚至将其比作情人；然后笔锋一转，写自己不小心碰到了含羞草被其叶上的针扎疼了，读之情感也随之下沉，但作者并不埋怨，而是更加欣赏这种带刺的草儿，因为她具有强烈的廉耻之心，始终如一地捍卫自己的“美丽情操”和“尊严品格”。作者以草写人，情真意切，寄托深远。《秋韵》由片段式的秋色图景组合而成，其中包括秋天的枣树、玉米、河流、秋叶等。作者在对秋天景物的抒写中，蕴含了许多人生的感悟，使情与物融，情随景生。特别是对秋之叶的描写，极富有哲理性和人之灵性：“叶子飘落的是生命的形，而永远鲜活的是生命的魂。年年旧叶让新叶，岁岁新叶换旧叶，演奏着生命不朽的旋律。这就是生命的法则、生命的高贵、生命的美丽和生命的灿烂。”除了借助自然来表达自己的形而上思考外，作者还直接对历史、自然和社会人生进行哲理式的抒写，这在《写在人生的插页》《思维的花朵》等作品中表现得最为突出。这些散文比较接近尼采的哲理散文，具有很强的诗性色彩，比如写时间，“所有的味道都是时间的陈酿。阳光的气息，月色的吐纳，都在时间的磨坊里，疏影横斜，暗香浮动。”（《写在人生的插页》）这种语言极富审美韵味，诗性与哲理性融为一体，说理十分形象透彻。作者对自然、历史、社会与人生的形而上探索，正是要为现代个体生命建构富有理性和诗性双重色彩的精神家园。

除了对山水自然和人文哲思进行抒写外，《写在人生的插页》还流露出对自然与人文环境深切的忧患意识。这在《河流成为传说》中有着集中的体现，由于人类无限制地向大自然索取，致使自然环境遭到破坏，地球资源逐渐枯竭，因此作者对地球家园的现状充满了焦虑与担忧。作者以开阔的视界纵横捭阖、引经据典，以证明人类的贪婪对地球造成的灾难，指出只有天人合一的中国哲学思想才能拯救地球。文中既充满了作者的文化自信和民族自豪感，也始终贯穿着知识分子的责任良知与忧患意识。《太阳从桑干河升起》从眼前现实写起，首先绘制出一幅美丽的桑干河风俗画面，然后穿越历史的时空隧道，让祖祖辈辈的日常生活穿透历史而成为千百年来世代轮转的鲜活画面。作者勾连起众多与桑干河相关的历史人事，增添了桑干河历史文化的厚重感。然后笔锋一转，提出了缺水给地球母亲带来的困境与危机，“缺水的绳套日益勒紧在人类的脖子。当河流成为传说，人类距离挽歌响起还有多远！”作者大声呼吁人类保护好地球家园，并发出了急切的警示。

《写在人生的插页》在文体上是多样化的。比如《野狼·红柳冢》是小说体散文，故事性强，读来一波三折，富有传奇色彩。《解读落叶的八种视角》既属于语言精炼、哲理性强的散文诗，同时又采用了师生问答的形式巧妙地进行结构，形成了典型的对话体散文。《思维的花朵》《黄河交响诗》《多彩自然》《雪泥旅迹》《读书拾穗》等皆由几个主题或内容相关的短章组成，这不仅增加了散文的容量，而且形成了抒写的气势、表达的力度和析理的深度。《泰山季羡林》《中国古代雕塑艺术之都》《河东曙光》《云冈魂》《文学的颜色》等属于学术随笔或文化随笔；《写给中国医护战士的一封信》属于书信体散文。作者对文体的选择完全根据内容抒写的需要，是“随情赋形”的写作方法，显示出作者熟练的文体驾驭能力。除了文体多样化外，作者还常常灵动自如地使用多种表达方式，凸显散文形散神不散的优势。比如《去云冈看云》能做到融叙事、抒情与议论于一炉，落笔从容，读来气韵流畅、骨气铮然。

鲜明的文化性或人文性也是《写在人生的插页》最显著的特点之一。除了集中描写云冈石窟、悬空寺、文化名人王勃以及河东历史文化等篇章外，还在很多散文中插入了较多的历史文化知识或者经典诗文名句，或把民俗文化、世风人情有机地融入散文之中，从而扩大了散文的信息容量并拓展了艺术审美空间。作者知识广博，尤其在古典文学或历史文化方面有着深厚的沉淀，因此能在散文抒写中信手拈来，这丰富了散文的思想内涵，提升了抒情写意的表达效果，形成了自然流畅的语势，同时也增强了散文语言的诗性色彩。总之，大量的历史文化知识、典故或诗文的有机融入，使得聂还贵的散文具有了很强的文化性和文人色彩。但有时过多的诗文引用，也容易让人产生堆砌之感，这是创作者需要警惕之处。

作者还擅于使用各种修辞手法，形成形象生动富有诗性之美的语言。比如写含羞草：“只要触到她身体的某一个部位，就像一句带了长串形容词副词的语言，通过压缩，简化成主谓宾。”（《含羞草》）这种句子具有鲜明的文人诗性色彩。又比如：“天高云流，若锦缎飞彩。丁丁当当的开凿云冈石窟的经声佛韵，仿佛一针针银质的光芒，从云缝里袅袅飞落。”（《去云冈看云》）类似的语言具有金石之声，昔日金戈铁马的场面以及民族融合的景象如在目前，作者灵动的笔触让历史重新得以复活。聂还贵的散文语言凝练生动，他常常把自己对人生社会的思考凝练成警句，比如：“心中有书卷，谈吐才会有雅韵；心中有远方，脚步才会有从容。心中有泰山，事业方可有高峰；心中有黄河，人生方有大气象。”又如：“所有的味道都是时间的陈酿。阳光的气息，月色的吐纳，都在时间的磨坊里，疏影横斜，暗香浮动。”（《写在人生的插页》）类似的语句既富有诗意也饱含哲理，于读者具有较强的情感冲击力和思想启迪性。

总体而言，《写在人生的插页》题材丰富，体式多样，语言凝练生动，意象丰满，富有诗意和人文色彩。作者围绕着自然、文化与生命三大主题展开抒写，从物质、文化与哲学三个层面探寻现代人身心栖居的理想家园，从而建构出了多维立体的艺术审美空间。

廖高会，四川邻水人，博士，副教授。现任中北大学人文社会科学学院教师，山西省作家协会首届签约评论家。主要从事中国现当代文学等方面的研究与教学工作，主持多项省部级课题。